U0937095

美读

爱人 请回答

刘真 著
liuzhen

北京联合出版公司
Beijing United Publishing Co.,Ltd.

图书在版编目（CIP）数据

爱人，请回答 / 刘真著．—北京：北京联合出版公司，2017.3
ISBN 978-7-5596-0125-4

Ⅰ.①爱… Ⅱ.①刘… Ⅲ.①长篇小说—中国—当代 Ⅳ.①I247.5

中国版本图书馆CIP数据核字（2017）第079506号

爱人，请回答

作　　者：刘　真
责任编辑：夏应鹏
封面设计：荆棘设计

北京联合出版公司出版
（北京市西城区德外大街83号楼9层　100088）
北京市通州运河印刷厂　全国新华书店经销
字数：158千字　145毫米×210毫米　1/32　印张：8
2017年5月第1版　2017年5月第1次印刷
ISBN 978-7-5596-0125-4
定价：35.00元

一

已经三月初了，东北季风还眷恋在马来半岛上，用力摇晃着棕榈树叶子，发出沙沙的声响，像是天上的神仙们在挥舞硕大无朋的蒲扇。早春的吉隆坡仿佛一位高挑的穆斯林女子，冷艳、保守、神秘，周身包裹着浓重的异域色彩。但头巾和长袍藏不住她的美丽，季风从巴生河流域吹来，拂动她的裙裾，勾勒出她的玲珑曲线，眉目顾盼之际，就有风情万种。

吉隆坡的气候宜人，一年到头温暾暾的，气温差别不明显，不似北京冬有寒风凛冽，夏有酷暑骄阳，季节更替得干脆而鲜明。吉隆坡的雨量充沛，一年里倒有半年时间把伞撑着。整座城市笼罩在连绵不断的雨丝里，氤氲而潮湿，土地的湿气和植物的腥气被热浪蒸上来，空气中弥漫着热带雨林的腐殖质的味道，让人头脑昏昏沉沉，情绪慵慵懒懒。如果常年生活在这里，也许难免厌倦和压抑，迫不及待地想要逃离吧。

在吉隆坡国际机场的候机大厅里，萧山盟坐在一张小巧的方桌旁，身边立着一只黑色行李箱，面前放一杯香醇的怡保咖啡，却又不喝，只用手轻轻握住，似乎仅为感受咖啡的热度。他微侧过头，透过玻璃幕墙凝视室外绵绵密密的雨帘，设想着即将在这座陌生城市里展开的全新生活，有些兴奋和向往，也有些忐忑。

萧山盟的外形清瘦儒雅，像他父亲，一望便知是一位饱学的读书人。虽然人到中年，鬓角已生华发，但他的样子看上去并不沧桑，眼睛明亮莹润，天然带有笑意，让人容易对他产生好感和信任。

机场的广播正在用英语和马来语循环播放一条启事，请精通手语的热心人到KL1航站楼7号门前服务台，帮助机场工作人员处理一个票务问题。由于候机厅大而空旷，声音发散，萧山盟又端坐窗前神游物外，直到广播第三次播送时他才听见。他下意识地扫一眼头顶的标识，他所处的正是KL1航站楼，他便随手把喝了一半的咖啡丢进垃圾桶，拖起行李箱往7号门方向走去。

他走路速度很快，步伐矫健，衣衫带风。他是惜时如金的人，不喜欢拖泥带水，也不喜欢在路上徜徉，似乎总在急匆匆地赶路，总有许多工作需要完成。即使和儿子萧谅同行时也是如此。萧谅人小腿短，必须紧紧抓住他的大手，高频率地摆动双腿才能跟上他的脚步。尽管如此，萧谅从来不抱怨，更不肯示弱，那倔强和好胜的劲头，深得父亲精髓。

7号服务台的值班员欧阳琴一小时前才和萧山盟打过交道，两人还聊了几句家常。欧阳琴二十岁出头，原是缅甸华侨，三岁时随父母移居吉隆坡，她模样俏丽，精通中文、英文和马来文，是个干脆利落的角色。现在面对服务台前的一位乘客却显得有些尴尬，两只手胡乱比画，却“词不达意”，急得脸上渗出一层细密的汗珠。

这位特殊乘客是个三十来岁的男性聋哑人，持有中国护照，急促地打着手语，脸上的神情焦躁不安。

萧山盟走过去，用手语向他问候，安抚他的情绪，表示可以为他担任手语翻译，帮助他解决问题。

他的出现让聋哑乘客和欧阳琴都长舒一口气。欧阳琴饶有兴趣地观察他的娴熟手语，眼神里充满感激和佩服。

终于有人可以流畅地交流，聋哑乘客的情绪渐渐平复下来，他向萧山盟一五一十地“表达”他的诉求。他来自中国河北省，在吉隆坡短期停留，原计划乘坐今天上午的国航班机返回北京，但是由于沟通问题，错过了飞机起飞时间。他父亲处于病重弥留之际，强撑着一口气，想在临终前再看儿子一眼。所以他希望服务台为他办理机票改签手续，航班越近越好，可是他打了半天手语，欧阳琴似懂非懂，而且她回答的“手语”东拉西扯，完全不知所云，他就烦躁起来。

聋哑乘客护照上显示的名字是郝大来，二十九岁，河北保定人。他预订乘坐的航班已经于两个小时前起飞。

萧山盟向欧阳琴转述了事情的来龙去脉和郝大来的诉求。

欧阳琴露出笑容，恢复一贯的平和友好的口吻，说她基本上明白郝大来的误机经过和改签机票的请求，已经向他提供了解决方案，只是由于她的“手语”水平连入门程度都谈不上，才没能向他解释清楚。在接下来的二十四小时里，有两班飞往北京的客机，一是六小时后起飞的新加坡航空公司的SQ478班机，机票已售罄，但是有两名乘客可能需要改签，目前尚未最后确定。她把郝大来的名字加在等待名单里。一旦机上出现空位，他就可以补位登机。二是在十六小时后，也就是次日凌晨起飞的马来西亚航空公司的MH370班机，目前飞机满员，但是有一家三口已经确定因故不能登机，正在和航空公司协商办理退票，而MH370班机的等待名单里只有一个人排在郝大来前面，所以即使不能改签SQ478，至少MH370的位子可以保证。

欧阳琴刚才跟萧山盟讲过同样的话。他和郝大来的处境相似，也急着搭乘下一班飞机回国，名字在等待改签的乘客名单里。这倒是一个有趣的巧合。他耐心地等欧阳琴说完，打起手语向郝大来解释。

忽然，萧山盟灵巧舞动的双手僵住了，像被施了魔法一样，突兀地定在半空——郝大来身后不远处，有一张模糊的脸猝不及防地闯进他的视线，甚至还没来得及看清楚那张脸上的五官，他就认出了她。机场大厅忽然好像在快速转动，灯光炽热刺眼，让他一阵头晕目眩。

是年深月久却从不曾淡漠的记忆，还是奇妙的直觉？或者是他和她之间那种难以言说的默契？她的气息扑面而来。是她，只有她能带给他这种说不清道不明的眩晕感觉，这感觉又陌生又熟悉，又遥远又触手可及。周围嘈杂的人群似乎在刹那间寂静下来，退潮一样散去，空旷的候机大厅里，整个世界里，只剩下她的模糊的脸。

二十年未曾谋面，现在，她和他近在咫尺。在异国他乡，在涌动着千人万人的繁忙机场，她奇迹般地出现在他面前。

眼前场景，竟和他们初见时如出一辙。现实生活往往比戏剧更耐人寻味。

二

二十世纪九十年代初期，景海市还没有像现在这样目迷五色、鼎盛繁华。毗邻京城的景海，街道宽阔，民风古朴，百年建筑随处可见，在郁郁苍苍的古树掩映下，一面面灰褐色的砖墙斑斑驳驳，仿佛在诉说城市变迁和世道沧桑。那时的景海，是一位人情练达、世事洞明的敦厚长者，劈面相逢，如春风化雨，说不尽的清凉自在。

景海大学就坐落在这座老城的北郊，占地七千多亩，在校学生一万五千多人。景海大学主楼是全市最古老的建筑，到今天已经有三百年历史。它落成后历经岁月侵蚀和人为破坏，又几经修缮，原有的哥特式风格已经淡化，但神韵还在，它高耸、瘦削、华丽、冷峻，是景海大学的著名景观。

萧山盟遇见云锦书那年十九岁，是景海大学法学院本科二年级学生。

萧山盟从出生、上学到工作，从未离开过景海。他父亲萧逸当时担任景海建筑设计研究院总工程师，是一个带有理想主义色彩的古典书生。在房地产业高速发展的二十年里，他大胆直言、据理力争，使景海市的部分古建筑得以保存，却也因此损害了“上面”一些人的利益，未到退休年龄就被“搁置”起来。萧山盟的母亲李曼当年在市残联工作，她五官清秀，气质雍容典雅，心地柔软善良。在云锦书的印象里，萧山盟的外表像母亲多些，而性格上则继承了父亲的特质。

那个周日黄昏，萧山盟从外面返回学校，在校门口遇见两个人在用手语交谈，就留意多看了几眼。萧山盟因母亲工作的缘故，经常到市残联下属的福利院做义工，与聋哑人打交道的机会多，掌握了手语，后来他还参与组织过两次景海市聋哑学校的“手写我心”文艺会演，之后手语技巧更加全面而娴熟，可以和专业手语教师媲美。

用手语对话的是两个学生模样的年轻人，一男一女，男生在询问去景海大学特殊教育学院学生会办公室怎么走，女生略带歉意地表示她不是景海大学的学生，不熟悉校园环境，无法给他指点。

时值盛夏，女生一袭简单干净的白裙子，头上扎一根高高的马尾辫，裸露在外面的两段前臂柔软白皙。她打手语的姿势很优美，像是在阳光下跳舞的精灵。

问路男孩的脸上流露出失望和焦虑的神情。萧山盟忙走过去，“说”他知道特殊教育学院学生会办公室的地点，就在主楼右翼七楼的710室，边“说”边指向十几米远处的主楼。

男孩这才高兴起来，曲起两根拇指向萧山盟连连致谢，往主楼方向一路小跑地奔过去。

男孩的率真个性让萧山盟会心而笑，那女生也在抿嘴微笑，两人不经意间目光相撞，四周的空气忽然就生动起来。

萧山盟才发现那个女生很好看，也许是他到目前为止见过的最好看的女生。事实上，人到中年以后，萧山盟还这样真诚而固执地以为，云锦书是世界上最好看的女人，而他们相遇的那个夏日黄昏，云锦书曾绽放出一生中最灿烂的笑容。那个无法复制的笑容只属于他，只有他见过。哪怕云锦书以后爱上甚至嫁给了别人，那个幸运的家伙也没有机会见到那独一无二的笑容，因为它已经深植在萧山盟心里，没有人可以偷窥。

云锦书不是那种会在人群里发光的女生，她的美丽含蓄内敛，只有懂得欣赏的眼睛才能发现。她的五官不够精致，眼睛稍嫌小，鼻子略高，嘴唇又嫌厚，但是搭配在一起却很协调，说不出的舒服养眼。她的黑亮的眼珠偶尔一转，就在沉稳里透出些狡黠。而她微笑时有几枚白玉质感的牙齿在红唇间若隐若现，又使她在清纯之外，多了几分妩媚的味道。

萧山盟和她用手语交谈片刻，问她是否需要帮助。云锦书

“说”她是景海医科大学二年级学生，来景海大学看望一位同乡，这就返回学校去。

他俩在校园门口打手语，来往的行人难免多看两眼，云锦书的脸上悄悄惹起一层浅浅的粉红，借口“说”她赶时间，向萧山盟挥手再见。

云锦书的背影渐去渐远，残阳如血，把她的白裙子染成明丽的玫瑰色。萧山盟呆呆伫立，怅然若失。他忽然鼓足勇气，飞快地追上去，拦在惊讶的云锦书前面，“说”难得遇见有共同语言的朋友，不想失之交臂，所以想要她的名字和通信地址。

云锦书想了想，把自己的名字和通信地址写在字条上，递给他。她不会想到，萧山盟在以后的岁月里，像珍惜价值连城的宝贝一样收藏起这张窄窄的字条。那上面有她的字迹，青涩、清秀、青春，是他们初次相遇的见证。

那只是一个寻常的夏日黄昏，却因为这次偶然相遇，完全改变了两个人的生命轨迹。

三天后，云锦书收到了萧山盟寄来的第一封信。他的字很漂亮，是流畅而干净的行书，规矩里带有不羁，整齐中透着飘逸——见字如面，云锦书读着这封信时，仿佛面对着萧山盟青春洋溢的脸，他的笑容如此阳光而亲切，她的心被暖暖的温柔涨满。

他们生活在同一座城市，却靠鸿雁传书保持联络和传递情感。他们选择了传统、古典的方式，小心翼翼地开始这段恋情，不，也许现在还称不上恋情，因为他们谁也没有表白，他和她之间仿佛隔着一层薄纱，隐约可见，触手可及，却不肯仓促揭幕。

那是一个承前启后的美好时代，过去尚未过去，未来正在到来。他俩也许是最后一代通过写信来谈恋爱的年轻人。通信发达了，电话、手机、互联网把距离缩短、节奏加快，恋爱和分手都比从前高效得多。可是现在的年轻人却再也体会不到从前的恋人们铺开信笺、吸饱笔墨、在纸上絮絮叨叨的那种快乐，哪怕是生活里的点滴琐碎，都似乎饱含着情味，说起来有无穷无尽的乐趣；而未收到回信时的苦苦等待和望眼欲穿，以及终于收到回信时的欣喜若狂和脸红心跳，还有读罢回信后的心满意足和反复回味——那旧式爱情已经仅存于记忆里。

萧山盟在被突如其来的恋爱冲昏头脑期间，偶尔也会冷静下来扪心自问：你真的会爱一个聋哑人吗？不是一时冲动，不是同情怜悯，不是保护欲和施舍，而是真实、平等、发自内心地爱着她吗？以后绝不会因她的缺陷而厌倦和嫌弃，以致让她痛苦伤心吗？

他从小就和聋哑人打交道，对这个群体并不陌生和抵触，事实上，他有很多聋哑人朋友，他们在一起相处时非常快乐融洽，可以完全忽略彼此的差异。可是，真的要和一个聋哑人开始一段恋情吗？而且是他心目中比天还大、比生命还重的初恋，他不得不认真审视自己——能否把握这段情感？

不过这个困惑并未纠缠太久，云锦书带给他的震撼早已彻底摧毁了他心中的壁垒。她的清秀的脸、洁白如雪的裙子、白皙的手臂，如舞蹈一样优美的手语，以及她脸上泛起的那道羞赧的粉红，都像斧凿刀刻一样留在他的印象里。他每晚入睡前，最后想着的那个人是她；每天早上睁开眼睛，第一个想起的人还是她。他平生第一次体会到这种茶饭无心、神魂颠倒的感觉。他笃定地相信，这就是爱情的味道。在崇高的爱情面前，小小的生理缺陷又算得了什么呢？

萧山盟不是优柔寡断、患得患失的人，他决定向她表白。

第二回见面是在景海公园的枫树林旁。这时距离他们初次相遇已经过去一个月零七天。这期间，萧山盟给云锦书写了四十一封信，有九封没有寄出去。锦书给他写了二十三封信，有十二封没有寄出。他俩都是善良的人，写信时急于了解对方，洋洋洒洒下笔千言，但一旦感觉有些问题会触及隐私，唯恐刺痛对方，往往在寄信的一刻改变主意，宁愿把顾虑和疑问埋藏在心里。所以他们通信的内容除去偶尔谈及人生和理想，绝大多数是絮絮叨叨的废话，当然，这些废话不是平常意义上的废话，并非可有可无，而是至关重要，并且乐在其中。这些热情洋溢的废话仅见于初恋和热恋的情侣，一旦进入婚姻，人们很快就会忘记那些在外人看来又唠叨又琐碎的废话曾带给他们多少快乐，曾怎样突飞猛进地促进和强化他们的感情。

现在已是初秋，天高地阔，鸟鸣啾啾，西风打在脸上，颇有几分寒意。景海公园里的枫树林正值观赏佳期，层林尽染，美不胜收。若早些时候来，枫叶尚未转红，色泽未免寡淡；而晚些时候，则色彩又嫌浓艳。现在色差正好，色调均匀，翠绿色、淡黄色、大红色、乌金色，层层叠叠，不厌繁复，凌乱处像顽童胡乱泼洒的油画颜料，整齐处又像是大师的工笔巨制，大自然的鬼斧神工，让人不自禁地欢喜赞叹。

云锦书穿一件白色夹克衫，石磨蓝牛仔裤，干净、清新、充满活力，衬着她青春洋溢的笑脸，让萧山盟惊艳不已，由着性子瞎想：如果枫树林是一幅油画，云锦书就是从画里走出来的少女，人和景物相互映衬，浑然天成，恐怕再伟大的画师也无法复制这样的美景吧？

他俩虽然才第二次见面，但是通过几十封信，彼此心意相通，像是相知多年的老朋友一样，“说说”笑笑，没有丝毫生分和拘束。两个年轻人初识情滋味，原来是这样温柔美好。这时天阔云低，秋风拂过枫林，叶子沙沙作响，真是心都要醉了。

转到枫林北侧，眼前豁然开朗，好大一片湖泊，碧水盈盈，波光粼粼，湖面上零零落落地漂浮着几艘小船，游人们在船上或坐或卧，悠闲而安逸。

他俩在湖边的长椅上坐下，锦书凝望着静谧的湖面，打手语“说”她的家乡也有一个大湖，名叫曲水，她小时候经常到湖边去玩。曲水的水质清澈，可以洗脸洗脚，还可以当镜子照。传说中国古代有曲水流觞的故事，就是源于她的家乡。

萧山盟第一次听到曲水流觞的故事，很感兴趣，就追根究底地要她“说”下去。

这时手语的局限性就暴露出来了，一个古老而风雅的故事，很难通过手语表现出它的原汁原味。他俩的文化水平不低，手语技巧也娴熟，却仍花费了好多时间和力气才“说”清楚这个故事。

锦书的家乡楚原市，自古就是鱼米之地、诗礼之乡，有三样名闻全国的“特产”：米酒、诗人、名医。楚原市位于曲水湖南岸，与曲水镇隔湖相望，而故老相传曲水流觞的故事就起源于人杰地灵的曲水镇。

锦书“说”，曲水湖上有一个造型古朴雅致的凉亭，名叫流觞亭。曲水流觞的风俗兴起于东晋时期，一直流传到清末民初，每逢天气晴好，水光潋滟，就有文人雅士在湖畔设宴，围坐在千回百转的曲水边，有人在流觞亭里把盛满美酒的酒杯放在水面上，任凭它沿着曲折的水流缓缓漂荡，漂到谁面前，谁就取杯饮酒，同时伴随着管弦乐吟诗作对，真是说不尽的文采风流。大书法家王羲之在他的传世名作《兰亭集序》里就记录了这个风俗，并率先为它取名“曲水流觞”。

萧山盟“听”得入神，脑海里想象古人的风采，过半天才吁一口气，打手语“说”：“以后一定要去曲水镇看一看，到曲水湖边坐坐，亲身感受下原汁原味的古典文人风范。”

锦书闻言绽开笑脸，像山花一样明艳，“说”曲水是个好地方，值得“到此一游”，萧山盟如果去曲水做客，她自愿担任向导，保证向他呈现曲水的全部风貌，连犄角旮旯都不会放过。

萧山盟凝视着锦书的青春笑容，心像是要被温柔化开一样，鼓起勇气“说”：“曲水流觞的动人之处就在于随性和随缘，不挑挑拣拣，不瞻前顾后，只要酒杯漂流到面前，就拾起来一饮而尽。而我和你的相遇也是命中注定的缘分，一生仅得一次，我们何不勇敢地拾起这杯酒，一次饮尽一生。”

萧山盟并不是善于讲甜言蜜语的人，他甚至在许多年以后，都为自己在那一刻脱口而出的表白感到不可思议。那些“话”是触景生情的，事先并未经过排练；那份勇气是自然萌生的，事先并未经过积蓄。也许情至深处，水到渠成，爱情的真实面目本来如此。

锦书微微侧过头，不看他，也不“说话”，脸颊上飞起红云。她的嘴唇紧紧抿着，眼眶里蓄积着晶莹的泪水，她的表情像极了倔强而无助的孩子，在突如其来的人生重大选择面前，感觉无所适从。

萧山盟的胸腔被莫名的勇气充满，一个初次坠入情网的十九岁少年，一个热血澎湃的大男孩，面对自己心上人的娇羞和忐忑时，没有什么事是不敢做的。这时外部世界已经无关紧要了，她才是他的整个宇宙，就算要他赴汤蹈火、粉身碎骨，他也绝不会有一秒钟的胆怯和犹豫。他感觉心脏几乎要从胸膛里跳出来，他迫切地渴望她的信任，急于赢得她的好感，获取她的芳心。他凝视着她的眼睛，挥动双手，“滔滔不绝”地“倾诉”：

“那天在景海大学门前第一次见到你的时候，我就开始喜欢你了，在我们通信以后，我就彻底沦陷。你的美丽、善良、乐观、坚强，都让我敬佩和欣赏，让我昼思夜想，无法成眠。我迫切地想再次见到你，和你厮守在一起，照顾你，呵护你，那将是我今生最幸福快乐的事。锦书，不要犹豫了，接受我的爱吧！拾起你面前的这杯酒，不管是金杯银杯还是铁杯木杯，也不管酒质优劣，温柔或猛烈，润嗓或割喉，都让我们一饮而尽。缘分就像奔流不息的曲水，虽然载有千觞万觞，我只取你这一杯，绝不张望，也不彷徨。我要用一辈子的时间，为你酿造最甜美的玉液琼浆。锦书，请到我怀里来吧。”

萧山盟敞开双臂，目光像炭火一样灼热。

云锦书像受到惊吓似的，微微向后退一步，脸庞涨得通红，胸膛一起一伏。她在做一个重大的决定。

经历了整整一分钟让人难堪的寂静、令呼吸停滞的压抑后，她脸庞上的红潮渐渐隐退，取而代之的，是虔诚、感动、期待的神情。她轻盈地投向萧山盟的怀抱，像扑火的飞蛾般义无反顾。她伏在萧山盟的肩膀上，喜极而泣，那尚未经历风雨、略嫌瘦削的肩头，能承载他沉重的誓言吗？

云锦书抬起头，往他的身后望过去，不远处枫林如火，映红了景海的秋天。她长长的睫毛一闪，两滴清澈的泪水滴在他肩上。

他们相爱了，在那个热情的季节。

今天，萧山盟的心情既紧张又兴奋，因为他邀请了云锦书来家里做客。

萧山盟在对锦书表白的当晚，就向父母如实坦白了他的恋情。萧山盟并不是心里藏不住事的人，可是他实在太开心，快乐的情绪从内心深处往外冒，从他的眉毛、眼睛、鼻翼、嘴角和全身的毛孔流淌出来，他忍不住要和别人分享。而且他家里的气氛相当民主，萧逸和李曼都有一副好脾气，不染暴君的独裁气质，所以萧山盟对父母的敬爱多于畏惧，凡遇到生活中的大事，总是先和他们商量。

但萧山盟的初恋对象竟然是一位聋哑人，这让他们感到意外和震惊，难免激起反弹。这也怪不得他们，为人父母的，往往认为自家孩子最优秀，是受天地精华、造化钟秀的一块美玉，配天上神仙也说得过去。何况萧山盟的条件确实不错，身高、模样、性格、学业、能力，没有一处短板，谁料到居然找一位聋哑人做未来伴侣，后半生只能靠手语沟通，这让他们说什么也想不通。

夫妻二人和萧山盟苦口婆心地谈了大半宿。萧山盟的态度明确而强硬，底线就是他要和云锦书在一起，在这个基础上，其他什么问题都可以谈，什么条件都可以考虑；一旦察觉到对方有突破这个底线的企图，他就坚决反对，斩钉截铁，不容置疑。

萧逸和李曼对这个独生爱子的个性非常了解，他独立、成熟，对待别人有同情心和同理心，从不曾因一时头脑发热而做什么出格的事情。这次他对有生理缺陷的云锦书“一见钟情”，而且如此“神魂颠倒”，看上去想让他回心转意是不太可能了。

也许云锦书除了聋哑之外，真是一个“天上有、人间无”的好姑娘呢？萧山盟对她的描述当然是十全十美的，诸如“美丽、可爱、善良、乐观、努力”之类的溢美之词不绝于口，萧逸和李曼半信半疑。

经过两个小时的让人口干舌燥的长谈后，萧逸的立场有所转变，或者说开始妥协。他看得出儿子对这份爱情的态度是认真的，是经过深思熟虑的。“如果是这样，接受他的决定也没什么不好，”萧逸想，“人一辈子难得遇到个真正爱的人，如果因为对方耳不能听、口不能言就嫌弃她，那也就不是爱了。再说年轻人的感情谁能保证，也许他俩相处一段时间后，发现彼此不合适，和平分手，那么这段经历对两个人都是一次磨炼，让他们学会更加理智地对待感情。如果他俩情投意合，能够厮守终生，那么他们一生中将比别人经历更多的困难和挫折，但这是他俩自己选择的生活，没有理由抱怨，也许正因为这些困难和挫折，他们的夫妻感情会更加深厚。”

萧逸这样想着，却没有说出来。李曼察言观色，也猜到了他的心思。李曼是个面慈心善的人，又在市残联工作，对聋哑人没有任何偏见和轻视。萧山盟上初中后，她经常带他到市内的福利院服务，与残疾人接触，以培养他与人为善的态度。

但是为聋哑人服务是一回事，和他们谈情说爱又是另一回事，这关系到儿子一生的幸福，李曼不得不格外谨慎。她虽然在内心深处并不十分反对儿子的选择，却仍提出要请云锦书来家里做客，由她和萧逸过过目，把把关。她心想，如果云锦书有儿子描述的一半好，就已经是难得的女孩子了。

既然父母率先“屈尊”妥协，萧山盟只好也做出退让，同意了李曼的这一要求，不过还是给他们打一支预防针：“我可以请她来家里，但是如果她有别的想法，不愿意在时机不成熟时贸然登门，我也只能尊重她的意见。”

萧山盟家在景海大学西门外。萧逸在几年前曾担任景海大学建筑学院院长，在此期间分到一套三室一厅的住房，房改后拥有独立产权。后来他走马上任景海建筑设计研究院总工程师，行政级别上调了半格，按规定可以换房或者补充房子面积，但是他喜欢景海大学的校园氛围，又觉得家里人少，住太大的房子未免浪费，就把本属于他的住房面积捐出去，一家人还住在老房子里。

李曼心思细腻，追求生活品质，愿意在家居装饰方面下功夫。室内家具都是她花时间淘来的，多是红木和竹藤材质，看上去已有些年头，却不敝旧，造型古朴、工艺精致，经她用心摆放，显得舒服而大气，透出岁月沉淀的厚重和文化味。为接待儿子的女朋友，她把房间彻底打扫过，换上白底蓝纹的棉布窗帘，给古色古香的房间增添些清新灵动的气息。

她家西厢房的窗户正对着一条林荫小道，窄窄的，仅容两人并行，是通往小区的必经之路。和云锦书约定的登门时间是下午三点，但萧山盟从一点起就开始心神不定地趴在窗户上张望了。

萧山盟并不情愿在刚挑明关系时就请云锦书来家里，他觉得这样做有些冒失，而且难免让云锦书产生被对方父母挑剔和考核的不适感。可他最终还是尊重了父母的建议，这固然是为了讨他们欢心，同时也由于他对云锦书充满信心。在他心目中，她完美无瑕，很难想象父母会不喜欢这样的女生。

两点五十五分，云锦书出现在他的视野里。他的心“咚”地猛跳了一下。

云锦书今天穿得格外“隆重”，浅灰色外套，黑红格子长裙，黑色平底皮鞋，看上去比实际年龄稍显成熟些。她手里捧着一个包装精美的盒子，从林荫小道那头徐徐走来。

萧山盟三步并作两步地冲到门外，在单元楼门口迎接云锦书。两人走近后相视一笑，甜蜜无限。

萧山盟接过她手里的盒子，打手语说“你有心了”。锦书笑一笑，回应“说”这是她家乡特产的米酒，是她要妈妈用特快专递寄来的，上午才从邮局取出来，还好没误事。这米酒的配方流传了几百年，有保健作用，中老年人每天食用一杯，能活血暖胃，强身健骨。

萧山盟不禁有些感动。这礼物沉甸甸的，盛满锦书的心意。她如此认真而郑重地对待这次登门，全因为他的缘故，她在为两人的未来努力。萧山盟暗暗发誓，无论父母对锦书的看法如何，他绝不让她受一丝一毫委屈。

家门虚掩着，萧逸和李曼早在门后站好等着，为锦书新买的一双棉布拖鞋整齐地摆在门口。他俩也有一层心思，如果萧山盟和锦书处得好，他俩说不定就是未来的公婆，留给儿媳妇的第一印象可不能差了。

萧山盟拉开房门，右手轻轻搭在云锦书腰上，说："爸，妈，这就是锦书。"

萧逸和李曼的笑容都堆在脸上，还没来得及做出反应，锦书的脸色一瞬间变得煞白，像是突然遭遇世上最不可思议的事情一样，侧过头呆呆地看着萧山盟："你会说话？"

锦书的声音动听，声调不高，却像春天的第一声惊雷般在萧山盟耳边炸响，他似乎被震蒙了，迎着锦书的惊诧目光，结结巴巴地说："我，我……当然会说话，原来你，你也……会说话？"

萧逸和李曼面面相觑，不知所措，四个人呆站在家门口。

云锦书最先反应过来，但这件事的冲击实在太大，她激动得热泪盈眶，嘴唇微微颤抖，却说不出话来。

这是一个几乎不可能发生的误会，一个让人尴尬的天大误会，却也正因为这个误会，给他们的爱情带来更多意外和感动，以及一种近乎悲壮的况味。

他们此前都以为对方是耳不能听、口不能言的残疾人，却没有因此嫌弃和退缩，而是义无反顾地相爱。

对两个年轻人来说，做出这样的选择很不容易。他俩都曾彻夜难眠，审视内心，反复盘问自己，是否有勇气与一个聋哑人相爱，不顾忌流言蜚语和异样眼光，不在乎未来道路上的风风雨雨和艰难险阻，尊重他（她），爱护他（她），和他（她）相濡以沫，甘苦与共。所幸，他俩给出的答案是一致的、肯定的。

十九岁的爱情，像水晶一样纯净透明。

他们都善于为别人着想，在相处时，小心翼翼地维护着对方的尊严，努力不触及早已结疤的痛处，才使得这个误会延续，直到此刻才被揭开。他们的爱情在起跑线上就经历了最严峻的考验，而他俩都提交了一份满分答卷，这与众不同的开场，弥足珍贵。

萧山盟牵着锦书的手，惊喜难言。

萧逸和李曼的眼睛也潮润润的，他们的心情在这一分钟里从意外、惊诧、震撼，到欣慰、感动、欢喜，好像坐过山车似的，虽然他们人生阅历丰富，却也难免情绪失控。

他们同时接纳和认定了锦书。

把锦书让到客厅的沙发上，李曼从厨房里端来洗好的水果，埋怨萧山盟说：“怎么能闹出这样大的误会呢？你可真够粗心的，要是讲给你许姨听，说不定她要怎么取笑你呢。”

“许姨”全名许文纨，是李曼在市残联的同事，两人私交最好，无话不谈。许文纨看着萧山盟长大，对他喜爱有加，半开玩笑半认真地说要把女儿嫁给他。

萧山盟在心里回放与锦书相遇的场景，在温馨甜蜜之外，又有些哭笑不得："那天在校门口遇见她时，她正在和一个聋哑学生打手语交流，既自然又熟练，我就想当然地把她当成听障患者了。不然能怎样想？长这么大，我还是第一次见到一个健全人把手语打得这么好。"

云锦书已经从剧烈的情绪波动中走出来，笑着接过话头："还说呢，你的手语水平比我还好，否则怎么可能发生这么可笑的误会？其实我在给你回信时，曾经想过要问你在身有残疾的状态下，是怎样顽强努力考上景海大学的；还有仅靠读唇语听课，是否能够透彻理解老师讲课的内容，信写好后怕不妥当，就没有寄出去。当时想，景海大学有特殊教育学院，聋哑学生为数不少，你如果遇到生活和学业上的困难总能找到人求助解决。"锦书不仅会说话，而且口齿伶俐，声音熨帖，萧逸和李曼听在耳朵里，都暗暗佩服儿子挑选女朋友的眼力。

萧逸的气质儒雅，性格却不沉闷，平日里轻松随和，这时在儿子的女朋友面前努力做出稳重长者的模样，有个问题早就如鲠在喉："山盟能够掌握手语完全是出于兴趣，他从十来岁时起就和他妈妈到福利院去玩，和聋哑人接触多了，手语也越打越好，上高中后精益求精，还专门去进修过一段时间。锦书，你的手语是从哪里学来的？"

锦书明显迟疑一下，说："我有个亲戚是聋哑人，跟她学过一些，我出于兴趣还上过手语课。"

李曼性格细腻，善于察言观色，发觉云锦书的神情变化，知道她不太乐意谈论这件事，就从盘子里拈起一粒又红又胖的樱桃让锦书品尝，把话题岔开。

在这次不同寻常的会面后，他俩的爱情得到“官方”许可，心里更加踏实。而那个美丽的误会，让他们每次想起，都既好笑又感动，更坚定了和对方相濡以沫的信心。

三

那张挥别二十年却常常在萧山盟梦乡萦绕的美丽脸庞，就这样猝不及防地闯进他的视线，他甚至还没来得及仔细辨认，就确认那是云锦书无疑。那扑面而来的、让他心跳加速的热力，是她独有的标签。

在过去的二十年里，他曾无数次设想过和她重逢的场景，也许在熙熙攘攘的街头，也许在人流如织的地铁站，也许在景海大学校门口，她从转角处翩然走来，两人不经意地重逢，就像他们不经意的初相遇。

可是他从未想过，再次见面竟然是在异国他乡——吉隆坡国际机场，而他正在用手语帮助一个迷失的聋哑人。这像极了他们第一次相遇的场景，只是他替换了她的角色。

他用力眨眨眼睛，没错，现在他看清楚了，是她，千真万确，久违的云锦书近在咫尺，触手可及。她笑盈盈的，那笑容如此熟悉而亲切，恍如昨天。

郝大来和欧阳琴都察觉到萧山盟乱了分寸，打出的手语不知所云，就愕然地看着他。萧山盟从失神中醒悟过来，忙向郝大来道歉，“说”他刚才忘记一个手语词，现在想起来了，然后强迫自己收敛思绪，条理清楚地逐字翻译欧阳琴为郝大来设计的机票改签方案。

郝大来又高兴起来，露出洁白整齐的牙齿，憨厚地笑。欧阳琴补充说，她会时刻关注SQ478和MH370航班，一旦出现空位，立刻为他办理改签手续，并叮嘱他不要远走，最好就在服务台旁的座位上等候。说完用目光请求萧山盟帮助翻译。

萧山盟如实译了，郝大来向欧阳琴竖一竖大拇指，不知是在示意他懂了，还是向她表示感谢，或者两者兼而有之。他又谢过萧山盟，在正对着服务台的椅子上坐下来，一双眼睛牢牢盯住欧阳琴，似乎唯恐一错眼珠，她就会凭空消失一样。

萧山盟的心情激荡，转过身面对云锦书，千言万语如潮水般涌上来，却不知从何说起，勉强笑笑，说：“好久不见。”

云锦书的样子没怎么变，虽然四十岁出头了，但纤瘦匀称，一如年轻时候。一头秀发乌黑亮丽，柔顺地披在肩头。她的服饰简单随意，白衬衫，藏蓝色牛仔裤，白球鞋，手里拖着一只小巧的帆布行李箱，如果从背影看去，会把她认作韶华正好的少女。

但是她脸上毕竟已经有了岁月的痕迹，那眼角的微细皱纹，仿佛在诉说她在别后二十年里的人生经历。

云锦书撇了撇嘴角，那是她年轻时受到委屈后的表情，竟始终未变。见萧山盟神情激动，她的眼圈微微泛红，指一指头顶的扬声器："我听见广播里寻找手语翻译，就赶过来帮忙，没想到你已经在这里了，到底是你腿脚快。"她的声音干净而清澈，带着笑意。

萧山盟见锦书虽然眼圈泛红却努力保持平静，年轻时她就显得比他练达些，现在人到中年，她的态度更加从容。他被她的笑意感染，也露出笑容说："倒像是事先约好的一样。在中国生活二十年也没遇见你，出国才两个礼拜就在机场重逢，可见中国大而世界小。"

云锦书说："有点儿不可思议，是吧？你是来吉隆坡出差，正在等回国的班机？"她知道萧山盟有无数的问题要问，不等他开口，直接汇报说："我从非洲回来，在吉隆坡转机，因为飞机晚点，没赶上飞北京的航班，已经在服务台办了改签，在排队，情况和你才帮助过的那个乘客类似。"

萧山盟露出惊讶的表情："竟有这么巧的事？你也在等SQ478和MH370航班？巧合得难以置信。刚才服务台小姐跟我说有一位旅客排在我前面，怎么也想不到是你。如果不是广播找手语翻译，说不定我俩在机场耗几个小时也碰不上。我到吉隆坡公出，原计划三天后回去，因为工作单位临时有紧急会议，需要我出席，希望我明天中午前能返回。我接到通知后就赶来机场，想随便赶上哪趟航班就乘哪趟，那位欧阳小姐给出同样的答复，我只好守在机场，如果SQ478航班的两名乘客退票或改签，我就可以登机。”

云锦书也摇头微笑，想现实生活有时候比电影还戏剧化。

萧山盟急于了解锦书的现状，说：“你去非洲做什么？一个人去的？”

云锦书侧一侧身，让一名拖着行李箱的乘客通过，说：“二十年没见了，好歹找个地方请我坐一坐，你就准备站在过道上审问我？”

两人在一家咖啡店的靠窗位置坐了。从顶天立地的玻璃窗望出去就是郁郁葱葱的热带雨林，这时缠缠绵绵的淫雨暂告一段落，经过洗礼的绿色枝叶愈发浓翠欲滴。热带植物因着气温和雨水的双重滋润，长得格外粗壮和放肆，随便摘一片肥大的叶子，就可以用来遮阳或挡雨。

“机场里的森林，森林里的机场，名不虚传。”萧山盟感慨说，“我是第二次来吉隆坡了，这座城市给我留下印象最深的就是它的国际机场，从设计到理念，都算得上建筑史上可圈可点的优秀作品。”

“所以在这里等机，有机场森林可供观赏，不会觉得难熬，”云锦书皱皱鼻子说，“好像能闻到雨后植物的腥气似的。看，那株斯里兰卡铁树，”云锦书指着不远处的一株挺拔巨树，

“开花了。”

萧山盟沿着她的手指看过去，斯里兰卡铁树他倒认得，可是花在哪里？

“中间那枯黄色的一大团就是。”云锦书笑了，“不好看吧？人们常说千年铁树开了花，其实不用等那么久，按照生长规律，铁树一二十年就会开花，可是即使开了花，许多人也认不出，就在眼皮底下错过。苦苦等待的结果，往往不那么尽如人意。”

萧山盟不知道她是否语带双关，尴尬地笑笑。

“你现在哪里安家？楚原？”他急于了解她的情况。

“不，在曲水。”云锦书说，“和七婶住同一个小区。”

“怪不得，”萧山盟有点儿懊恼，“我怎么会想不到。”

“怪不得什么？你去楚原找过我？”云锦书还是那样敏锐，直接问他。

“啊……几年前路过楚原，往市三院打过电话，他们说没有你这个人。”萧山盟的语气轻描淡写，其实他几次到楚原找过锦书，都无功而返。

锦书心里一动，原来萧山盟在分手多年后还惦记着她。可是给她打电话又有什么意义？即使找到她又怎样？他怎么就确定她想见他？她藏着疑问，说：“你知道我毕业时被分到楚原市三院？当时系里是这样分配的，不过我没去报到，自己在曲水县医院找到一份工作，就直接去了曲水。”

“你在事业上那么要强，却放着省城的三甲医院不去，自愿去县医院工作，不是在自毁前程？”萧山盟表示不理解她的选择。

“没那么悲壮，”云锦书笑了，“我喜欢曲水，在那里工作和生活，感觉心里很平静。”锦书拿起咖啡杯，凑在唇边轻轻碰一碰，说，“我不喜欢马来西亚的咖啡，对我来说过于甜腻，非洲象牙海岸出产的咖啡就很清爽，苦涩中带有柠檬的香气，口感最好。我在行李箱里带了些，回头匀给你两袋。”

萧山盟不常喝咖啡，也不大关心咖啡味道的优劣，又把话题转回到刚才问过一遍的问题上：“你怎么会去非洲的？”

云锦书说：“说来话长，既然你非要问，我就从头给你讲讲我的经历。我毕业后在曲水县医院重症监护室工作了五年。当时县公安局刑警队缺少专职法医，到县医院物色人选，其他医生都觉得做法医又脏又辛苦，而且看不见前途，谁也不肯去。只有我觉得这是个难得的机会，就自告奋勇报名，很快就被招进刑警队，成为一名法医。”

“你到底还是做了法医。”萧山盟既感到意外，又为锦书高兴，“你说过你的高考第一志愿填的就是公安大学法医专业，可惜未能如愿，被调剂到景海医科大学病理专业，没想到工作后还有机会转成法医，真是苦心人天不负。”

锦书点头说：“是啊，我当时也高兴得要命，后来在曲水县公安局整整工作了十五年。其实五年前我就递交了辞职申请，局里一再挽留，就又留任三年，带出两个徒弟，两年前才正式辞职，随后报名参加中国援非医疗队，去了塞拉利昂，这两年里辗转于赤道几内亚、突尼斯、加蓬、津巴布韦几个国家，主要工作是协助当地政府处理突发的公共卫生事件。”

萧山盟专注地倾听锦书讲述，想象她的生活轨迹，竟有些向往：“你毕业后的经历竟然这样丰富，以后有机会可要跟我仔细说说。”

锦书说：“二十年的时光呢，真要细讲起来，恐怕三天三夜也讲不完。别光说我了，听别人说你研究生毕业后留校工作，现在怎么样了？”

萧山盟说：“跟你比起来，我的经历要枯燥得多。这二十年里没怎么离开过景海大学，研究生毕业后留校任教，并在职进修两年，在美国哥伦比亚大学攻读了博士学位。然后按部就班地教学、发论文、评职称。这次来马来西亚，是因为景海大学与当地教育部门合作，在吉隆坡成立分院，委派我出任第一任院长，今后几年我都要在吉隆坡工作和生活。”

锦书说：“你一直生活在北方，恐怕不太习惯马来西亚的阴雨天气，不过男人以事业为重，生活方面的不方便只好忍耐一下。”她顿了顿，“家里人也一起搬过来吗？”

萧山盟的心又猛地跳一下。两个人终归是要说起彼此家庭的，他还在寻找合适的时机开口，想着要怎样问才能不着痕迹，不去触及波澜起伏的往事。锦书却看似漫不经心、自然而然地随口问出这句话来，面容不改，口齿不涩，像老朋友闲聊天一样。

也许在她心目中，他已经成为一个多年不见的老朋友，仅此而已？

四

二十三年前的景海，那个冬天明媚而温暖。

萧山盟和云锦书的个性接近，都有理性和节制，虽然内心一团火热，又是彼此的人生初恋，却并不像大多数情人那样，感情如洪水决堤，思念如万马奔腾，非要从早到晚腻在一起才过瘾。他们像精于此道的老手，深谙细水长流的道理，约定每周见面两次，其他时间，仍然用书信交流。

云中谁寄锦书来，是萧山盟那时最快乐幸福的事。

偶尔，云锦书也会打破规矩，突然出现在景海大学的校园里，在操场边、中心花园的石凳上，或者盛开的丁香花下面，向萧山盟挥手，喊他的名字，带给他意外的惊喜。萧山盟循声望去，锦书的笑脸就会闯进他的视线，好像一抹阳光，可以瞬间驱散满天阴霾；又像是自然界最美的花朵，映在姹紫嫣红中，令其他鲜花都失去颜色。

景海大学在城南，而景海医科大学在城北，乘坐公交车往返两地需要一个半小时，这也是他们限定见面次数的原因之一。其实，云锦书打破规矩突然跑去见萧山盟的时候，也是她内心激情澎湃不可遏制的时候。她对萧山盟如此爱慕、依赖、眷恋，她甚至觉得，遇到萧山盟以前的日子都是虚度，而以后的岁月，如果没有萧山盟的陪伴，她也活不下去。

当然，这只是她的想象，与事实大相径庭。事实是，她人生中的绝大多数岁月都没有萧山盟，她依然活得顽强、乐观、丰富多彩。

云锦书是一个出色的女孩子，在青春飞扬的年纪里，曾有许多男生沉默地或者张扬地喜欢过她，在高中期间她甚至搅进一起对她一生影响巨大的绯闻，但她其实从未体会过怦然心动的感觉，她的感情生活是一片寸草不生的荒漠，直到遇见萧山盟。他才在她的心门上轻轻叩击，她就彻底沦陷了。

尽管他不曾凶狠进攻，他的攻势却锐不可当；尽管他不曾刻意入侵，却轻易霸占了她的整个世界。在萧山盟面前，云锦书的抵抗力几乎可以忽略不计。

她感谢命运的奇妙安排，如此美好的相遇、相识、相知、相爱、相守。他温文尔雅、谦和敦厚、忠诚质朴，他容貌俊秀、目光清澈、襟怀开阔，他与她梦想的那个人一模一样。他只需轻轻地招一招手，她就会义无反顾地跟着他走。

她以为他们会这样走过一生一世。她想不出有什么力量能够把他们分开，有什么诱惑能够让她离开。

所以她在给萧山盟的一封信里说她相信爱情是铜墙铁壁，风雨不透。

在大学校园里，男女生恋爱的消息总是走得最快，加上他俩并未刻意隐瞒，所以老师和同学们很快就知晓了他俩的恋情。萧山盟已经被同寝室的哥们儿狠狠地“敲诈”了好几顿，云锦书的好友也“嫉妒”她的“飞来艳福”，变着法地让她荷包失血。

今晚他俩宴请的是章百合。

“宴席”就设在景海大学校门口的蓝房子餐厅里，是一家局促而整洁的路边小店，店里只有四张桌子，能同时容纳十几位客人。他家的主要客源是学生，所以饭菜走经济实惠路线，分量大、价格便宜，是学生们打牙祭和招待朋友的好去处。

章百合是云锦书的高中同学，在景海大学法学院读书，两人都有才气，又样貌出众，在高中时就是要好的朋友，毕业后又一起考来景海，同在异地，感情更觉得亲密。云锦书与萧山盟初次相遇那天，来景海大学看望的朋友就是章百合。

章百合与云锦书比起来略显矮小，皮肤稍黑，但是五官非常精致，眼角微微上扬，鼻梁笔直，牙齿洁白整齐。她喜欢穿紧箍在身上的衣服，稍嫌夸张地勾勒出波澜起伏的曲线，从上到下散发出大胆野性的气息。

云锦书像一只安静而美丽的麋鹿，在白云下、草原上悠闲地行走，与人无害，与世无争；章百合却像是一匹形体瘦小、色彩斑斓的猎豹，更加热情，更具有攻击性。

章百合见到萧山盟时非常吃惊，脸色由红转白："怎么是你？"

云锦书奇怪地问："你们认识？"

萧山盟被她问住了，表情尴尬，迟疑着没有接话，一时想不起来在哪里见过她。

章百合笑了，牙齿在昏暗的光线下白得发亮："这学期返校那天，门卫不许出租车开进校园，我只好一个人拖着两件大行李从大门口往寝室走，你和另一个长头发的男生骑车路过，路见不平拔刀相助，把我送回了寝室。"

萧山盟也笑起来："对了，怪我记性不好。那个男生是理学院的陆琪峰，那天他载着你，我载着行李，两大件，一百多斤，过后我还和陆琪峰说，女生可真不怕麻烦，几乎把家都搬来了。"

章百合说："记性倒不是不好，连行李多重都记得，就是记事不记人。"语气像是责备，又像娇嗔，全在于对方怎么理解。

萧山盟倒不好意思起来："那天遇见你时已经是晚上九点多了，校园里路灯又不亮，没看清楚你的模样。"

云锦书替他解围说："好了，你也不用不好意思，毕竟是学雷锋做好事，等下自罚一杯酒，给百合道歉。"

章百合说："也不用罚酒，按道理是我该敬他酒，感谢他帮助同学，现在就算两抵了。"到底是对萧山盟没能记得她而耿耿于怀。

以前组织的两次饭局，座中都是萧山盟的哥们儿，云锦书多少有些拘谨，喝酒时点到即止，一副不胜酒力的淑女模样。今天的情况有所不同，一边是情深意浓的男朋友，一边是交往数年的闺中密友，云锦书的情绪高涨，双眼放光，终于亮出她酒量的底牌。锦书不肯喝啤酒，说它热量太高，怕喝出啤酒肚；也不肯喝红酒，说它甜不甜酸不酸的，味道不纯。她只肯喝白酒，说白酒活血化瘀，温暖肠胃，对人体最好。萧山盟和章百合只好听她的。

云锦书叫了两瓶一斤装的"景海大曲"。明亮的玻璃瓶子，微微摇晃的酒浆，摆在三个二十来岁的男女学生面前，多少透着点不协调。蓝房子餐厅的服务员大姐站在柜台后面，满脸狐疑地打量他们，似乎在猜测他们的来头。

三个人口袋都不富裕，只点了三道菜，炒蚬子，口水鸡，蒜蓉茼蒿，配三碗白米饭。锦书和百合都大声嚷嚷着"今晚不醉不归"，让萧山盟摸不清状况，心里直犯嘀咕。

启开酒瓶后他才知道，他的初恋女友原来是一位酒国英豪，而章百合也只比她稍逊一筹而已。萧山盟和她俩根本不是一个重量级的。他的酒量属于"不喝正好、一喝就多"的水平，一杯白酒下肚就脸色通红，两杯则头重脚轻。锦书知道他不成，也不攀他，和百合频频举杯，喝得不亦乐乎，小餐厅里觥筹交错，春意盎然。

那嚣张的青春时光，那极致快乐的夜晚，让锦书每次回顾时，都泪光盈盈。那天晚上，她以为她是世界上最幸福的人，她以为她可以永远这样任性下去。

在萧山盟的规劝下，锦书和百合最后剩下半瓶白酒。这其中，萧山盟喝的可以忽略不计，百合喝下一小半，锦书喝下大半。她双颊绯红，目光莹润，一手拉着萧山盟，一手拉住章百合，说："太开心了，以后每年今天，我们都要来这里。"

百合那天喝了过量的白酒，但她醉酒后不多说话，也不放声大笑，安静得几乎让人忘记她的存在。她的皮肤色泽深，惹了红晕也不明显。她的眼眸亮晶晶的，嘴角绽放着笑意，露出一线洁白如玉的牙齿。她乜斜着醉眼似乎也在看萧山盟——那张眉清目秀的脸，在暗夜里看去，有着让人怦然心动的魅力。

萧山盟独自照顾两个走路不稳的女生，颇耗费一番力气，被汗水浸湿的内衣紧贴在身上，深秋的风从背后袭来，寒意透体。他把两个女生分别送回寝室后，已是夜里十一点多。

在云锦书的宿舍楼下，在古老的红砖墙的阴影里，在远处操场上隐约传来的忧伤的吉他声中，锦书把脸紧紧贴在萧山盟胸膛上，聆听他强有力的心跳，呼吸他青春的气息，如此星辰如此夜，怎么舍得让他转身离开？她说想融进他的身体，守护他的灵魂，就这样一生一世，生生世世，永不分离。那份入骨魅惑，抵死缠绵，让萧山盟的心在一瞬间变得感性而柔软，似乎再加一分热力，就会融化。

那晚章百合在回到寝室后，心痛得像刀割一样，勉强打起精神，草草洗漱过，就一头栽倒在床上，抻过被子蒙住头，无声地哭泣，泪水淌了满脸。

她暗恋萧山盟有半年之久了。

她第一次见到萧山盟，是在上学期期末的“许庆梁奖学金”发放仪式上。许庆梁是景海大学首届毕业生、旅居马来西亚的华人富商，他以个人名义在景海大学设立奖学金，每年在全校一万四千名本科生中挑选十名积极投身社会服务且课业成绩优秀者进行奖励，奖金不菲，而每学期期末的颁奖仪式是景海大学的一件盛事。去年上台领奖的第一人就是萧山盟，他身材挺拔，举止谦恭有礼，致答谢辞时口齿利落、条理清晰，从内到外散发出亲和儒雅的魅力。那是令章百合着迷的气质。

她认定萧山盟就是她等待和寻找的那个人。

这学期开学那天，她在校门口绝望地拖曳两个硕大的行李箱时巧遇萧山盟，并得到他和陆琪峰的帮助，她在那一刻又惊又喜，几乎要尖叫起来。她以为这是天赐良机，让她心愿得偿。

她一厢情愿地以为，萧山盟看她的目光有些羞涩、躲闪、炽热，她以为萧山盟对她也有那种意思，她必须创造机会让他表达出来。

她本想坐到萧山盟的自行车后座上，可是他却压根儿没留意她的诉求，径直把两个行李箱绑在他的自行车上，让陆琪峰载着她。

她有些失望。

两辆自行车并排而行，这样章百合可以从侧面近距离地观察萧山盟。时值盛夏，萧山盟穿一件白色短袖衫，牛仔短裤，白球鞋。他四肢修长，在蹬自行车时，全身肌肉都协调运动，像舞蹈一样优美，却比舞蹈更有力量。章百合感觉她的心脏在狂跳，她甚至怀疑两个男生可以听到她心脏跳动的声音。

这段路太短了。其实景海大学的校园很大，从大门口走到章百合的宿舍至少要二十分钟，骑自行车也要六七分钟。可是章百合感觉那天一眨眼就到了，她甚至还没来得及说些什么，就到了宿舍门口。

她理想中，萧山盟会像绅士一样帮她把行李箱抬到楼上寝室里，然后得体地婉拒她递过来的水杯，赞美她的床位空间布置得有品位，然后小心翼翼地问她的姓名和电话。她会考虑几秒钟，时间必须拿捏得恰到好处，既不让他感到尴尬，又能体现她的稳重和矜持。然后她会把自己的姓名和电话写在有香味的便签纸上，而萧山盟会珍而重之地把它收好。

可是，她再一次大失所望。萧山盟和陆琪峰到了她宿舍楼门前，把行李箱卸下来，说："已经过了晚上九点，不方便进到女生宿舍楼里，何况尽忠职守的宿管阿姨也不会放行，只能帮到这里了。"

她迟疑着："啊？那么……谢谢啦！"两个男生竟没有问她的姓名和电话，就骑上车离去，留下她一个人站在宿舍楼前懊恼不已。

其实，最近几个月，她一直都在寻找和创造接近萧山盟的机会。她根据他的活动规律判断，他还没有女朋友，因为他晚自习时几乎都是和陆琪峰在一起，或者单独一人。她在自习室见过他几次，可是每次他身边都没有空位，她没法坐到他身边去。她试着从他旁边走过，想引起他的注意，可是他似乎忘记了她，并没有和她目光对视，或者主动和她搭话。

那么，他对她究竟有没有那种意思呢？她知道有一种男生，越是喜欢一个女生，越不敢看她的眼睛，不敢和她说话，甚至不敢靠近她；还有一种男生，骨子里十分骄傲，即使喜欢一个女生，也不肯放低姿态去追求她，他只是竭尽所能地在她面前表演，以吸引她的关注。萧山盟到底是哪一种男生呢？

这样的等待和猜测让章百合很头疼。在女生的旖旎梦想里，总是由男生主动的。他骑着白马也好，骑自行车也好，还是穿着运动鞋跑过来也好，女生享受的是被人欣赏和追求的过程。如果要章百合反过来主动追求萧山盟，似乎爱情的味道就掺进了杂质，差了一点意思。

相思最苦，章百合渐渐熬不住了，她越来越感到气馁和沮丧。她开始考虑，其实主动去追求萧山盟也没什么，只要是纯真的爱情，何必在乎它怎么开始呢？萧山盟是一块顽石，需要她敲打、启蒙，赋予他灵性和爱的能力。这个想法起初只是朦朦胧胧、若有若无，渐渐变得明晰、强烈，直至蓬蓬勃勃得不可遏制。

就在这时，她的高中同学、闺中密友云锦书把她的意中人带到她面前，说这是她的男朋友。

章百合在那一刻是崩溃的，心中百味杂陈，百感交集。在蓝色餐厅的饭桌上，有几次她几乎要失态、爆发，要质问、诅咒萧山盟，所幸她的隐忍能力很强，她拼命喝酒，以强行压制从胃里反上来的苦水、酸水。而血液里的酒精只起到麻醉的作用，当麻醉效果消失，痛楚慢慢袭来，越积越多，越来越厚，她的四肢百骸酸软无力，内心深处却像是有一只手在拼命地拧着，是的，揪心的痛。

可恨的萧山盟，无耻的萧山盟，如果你不爱我，为什么要出现在我生命里？为什么要在颁奖仪式上登台致辞？为什么要送我回宿舍？大门口有那么多人，为什么偏偏是你送我回来？

等等，章百合这么胡思乱想着，脑海里却又突然开启一线光亮：萧山盟其实还是喜欢我的，他在蓝色餐厅里见到我时的表情，那样尴尬、无所适从，怎么可能是面对一个普通女生时该有的表情呢？如果他对我压根儿就无动于衷，为什么要掩饰他的内心，撒谎说从没见过我呢？

这样想着，章百合的内心又重新燃起希望，而且火苗愈来愈炽烈，烘烤着她全身的热血，她感觉自己似乎要沸腾起来。萧山盟不敢和她对视，不敢和她搭话，不过是因为他和云锦书有约在先，他是谦谦君子，不敢也不愿意脚踏两只船。云锦书只比她先到一步，一小步而已，说起来她比云锦书更早认识萧山盟，怪她过于矜持，以致错失良机。她还有机会——挽回的机会，公平竞争的机会，夺取最终胜利的机会。这关系到她一生的快乐和幸福，这次她一定寸步不让，寸土不失。

这样想着，脑子里翻江倒海，情绪异常亢奋，直到凌晨时分，她才昏昏沉沉地睡过去。

五

二十几年前的往事，现在回想起来，每个细节都清晰而生动，历历如在眼前。

吉隆坡的雨说来就来，没有预兆，无须酝酿，仿佛一个喜怒无常的神仙在掌管它的天象，忽晴忽阴，忽而风雨交加，全在于他的好脾气和坏脾气。雨滴敲打着玻璃，发出“啵啵”的声响，像是在窗外喊谁。一窗之隔的万绿丛中，硕大的芭蕉叶如一只巨掌，托着百颗千颗透明的雨滴，随着风势轻轻摇曳，那雨滴便在翠绿上滚来滚去，玲珑可爱。而坐在窗前观雨，更能体会繁华世界的一缕清凉，让人莫名感喟。

今夕何夕，见此良人？

云锦书与他隔桌相对，触手可及。言之晏晏，巧笑倩兮，美目盼兮，依稀旧时少女模样，像从未离开。萧山盟的心头升起异样感觉，多希望时光倒流，重回到大学时代，他和云锦书仍然执着地爱着，一往情深，心底无猜，而曾经的离合变幻、波谲云诡，全都不曾发生过。

云锦书若有意若无意地问起他的家庭，语气像老朋友聊天一样云淡风轻，萧山盟也尽量用轻松的口吻说："家人暂时不会搬来吉隆坡。我有一个男孩，叫萧谅，上初中二年级，功课还不错，不考虑让他转学。我在马来西亚工作的这段时间里，他就和我父亲一起生活。"稍顿了顿，他又补充说，"我父亲三年前退休了，目前每天坚持写作和健身，身体很好，头脑也非常清楚，他和萧谅在一起，我没什么可惦记的。"

锦书说："萧伯伯今年六十七了吧？三年前才退，延迟了四年。"

云锦书随口说出萧逸的年纪，让萧山盟感到惊讶，毕竟已过去二十几年了，她竟然还记得这样无关紧要的细节。她是如此细腻而敏感，那一段往事究竟让她怎样刻骨铭心、念念不忘？他忽然感觉有点儿心酸，轻轻吁一口气，说："他退休后被原单位返聘四年，不担任行政职务，专注于技术工作和指导学生。三年前他辞职时单位还要挽留，他说自己年纪大了，现在年轻人里人才辈出，他不能老是霸占着位子，单位想给他一个顾问的头衔，他也拒绝了，清清静静地退下来。"

云锦书微笑着："萧伯伯还是那么有主见，凡是他决定的事情，谁也改变不了。”

萧山盟说：“是啊，他这一辈子，除了拗不过我妈，别人谁的话也不听。”

他说完这句话，两人似乎同时想起了什么，陷入令人难堪的沉默。李曼，这个左右他俩一生命运的女人，在关键时刻，做出了谁也无法抗拒的决定，连萧逸都被迫退让。

云锦书终于打破沉默：“李阿姨……好吗？”

萧山盟神情黯然：“她去世五年了，乳腺癌四期，查出来没多久人就走了，没遭受太多痛苦。”

之前萧山盟提到萧谅时，说他将和爷爷一起生活，锦书就有不好的预感，但亲耳听到她去世的消息，仍然感到非常意外和震撼，脸色一瞬间白得吓人，眼圈红了。

她对李曼的情感非常复杂。李曼曾一度待她像亲生女儿一样好，那由衷的欣赏、喜欢和疼爱，锦书能够体会到，也发自内心地感激。她是投桃报李的人，把李曼当成妈妈一样爱慕和关心。她甚至憧憬过，和萧山盟结婚后，就和公婆生活在一起，她就是公婆的亲生女儿，甚至比亲生女儿还要温暖贴心。如果可能，把她妈妈也接来，一大家子住在一起，互相照顾，其乐融融。当然，这只是她一厢情愿的想法。女人在恋爱里，总难免不着边际地胡思乱想。

现实很快就把她的绮丽梦想击得粉碎。李曼像是突然换了一张面孔，换了一颗心，无情，绝义，拒她于千里之外，毫无斡旋余地。这种打击对二十岁的锦书而言，过于残酷，甚至比剥夺她的生命还要残酷。那时她无论如何也想不通，无论如何也不能接受现实，她痛苦、无助、迷茫，感觉生活一片狼藉，世界一片混乱，而人生的事情毫无逻辑，不讲道理，不可思议。

但是她没有恨过李曼。她本性纯真善良，总是轻易谅解别人。也许她一生真正仇恨的只有一个人，但那人绝不是李曼。她永远记得李曼对她的好，记得她是萧山盟的母亲。

所以听到李曼的死讯时，她立刻泪湿双眼。过去种种，一帧帧在心头回放，或喜或悲，都像斧凿刀刻一样深入，不曾被岁月冲淡或抹去。记忆中的李曼，差不多和现在的她同龄，中年女人的同理心，更加剧她的悲伤。

“才六十岁出头，她怎么就……”锦书的声音哽咽在喉咙里，两行泪水夺眶而出，顺着面颊缓缓滑落，她忙抽出一张纸巾，低下头擦拭眼泪。

李曼虽然已过世好几年了，但萧山盟每次提起她，仍然非常难受，这时受锦书感染，心里说不出的酸楚：“可能是家族遗传性疾病，我母亲的小姨也是患乳腺癌去世的，不过家族里其他女性成员却都非常健康，所以在我母亲患病前，大家都以为她小姨的病是特例，并没有引起重视。”

锦书轻轻摇头说：“李阿姨为人善良，为福利院的孤寡老人和残疾人奔走呼吁，出钱出力，做了大量工作，谁想到竟然不能颐养天年，真让人为她难过。”

萧山盟知道锦书对李曼的感情微妙复杂，不是三言两语能说清楚的，这时见她发自内心地痛苦和惋惜，感动之余，禁不住把刚才忍住没说的话说出来："母亲在去世前，还提到过你。"

锦书的身子微微一颤，神情又紧张起来，她想不到别后二十几年，李曼在临终之际，还会惦念着她。在她曾经的想法中，她和萧山盟的爱情再怎样轰轰烈烈，终究是人生中一段重要的插曲而已，而在别人看来，也不过是情窦初开时的男欢女悦，和寻常巷陌里俯拾即是的其他恋情也没有什么不同。

李曼是有见识、有担当的人，自然能照顾好她独生爱子失恋后的情绪，帮助他经营好以后的感情生活。二十几年里，白云苍狗，人海浮沉，昔日的青涩少年如今已历经沧桑，为人夫、为人父，辗转于事业和家庭之间，忙忙碌碌，琐琐碎碎。即使偶尔有暇，回忆起当年要死要活的初恋，不过惆怅一笑而已。而她在李曼的人生中，恐怕更如同过眼云烟，早已不留痕迹。

锦书下意识地低声说："提到我？"语气怯怯的，充满怀疑和不自信，她知道自己在李曼那里，是不受欢迎的人。

萧山盟说："母亲临终前跟我说，锦书是个好姑娘，她……对于当年给你带来的伤害，一直耿耿于怀，如果以后我们还有机会见面，想让我替她说一句对不起。"

萧山盟字斟句酌地说着，寥寥三言两语。其实李曼当时对他说的远远不止这几句话。他刻意隐去了绝大部分内容，因为他没法向锦书当面说出那些话，至少现在还不是合适的时机。

这二十年里，两人都经历了许多事，遭遇了许多人，年纪和心境都发生很大变化，这使得他们重逢时的感觉变得更加微妙。他们不能像恋爱时一样直抒胸臆，也不能像心无芥蒂的老朋友一样无话不谈。他们都试探着彼此，小心翼翼地一步步递进，不想有任何一句不恰当的言语，不经意中冒犯或伤害对方。

可是尽管萧山盟有所保留，他的话音才落，云锦书几乎情绪崩溃。她止不住哭出声来，痛苦、辛酸、委屈、失落，百般况味一起涌上心头。多少爱恨纠缠、离合变幻，一句对不起，就此一笔勾销。

六

大学二年级的那个冬日黄昏，章百合向萧山盟表白了。

那天是寒假前的最后一个周末，期末考试结束，学生们已经各自整理行囊，陆续登车回家，校园里冷冷清清。

云锦书原本约好那天和萧山盟在一起，可是她同寝室的一个姐妹突发高烧，呕吐腹泻，被送进医院。锦书要照顾她，临时取消了和萧山盟的约会。

萧山盟在往家走的路上，“巧遇”章百合。

章百合那天精心打扮过，画了淡妆，涂着粉色唇彩，穿一件淡青色毛领大衣，黑色皮靴，微卷的长发像瀑布一样倾泻下来，披在肩头。她原本就容貌出众，于书香气中带有几分野性美，打扮后更增添妩媚气质，款款行走在寒冷萧瑟的冬季校园里，十分引人注目。

章百合远远地挥舞手臂和萧山盟打招呼，显得热情活泼又稚拙可爱。她一路小跑地往萧山盟身边靠拢，像见到久违的亲人一样亲热。她在离萧山盟很近的地方停下来，鼻头几乎要顶在他的衣服上。萧山盟嗅到她头发上飘出的洗发水的香味，下意识地向后退了一小步。

章百合微笑时，眼睛眯起，鼻头微微上翘，很迷人的样子，她说："锦书打电话找不到你，就打给我了，说她临时有急事，今晚不能和你见面，怕你白跑一趟，让我一定要设法通知你。我刚才往你寝室打电话没人接听，就急忙跑过来，还好在这里遇见你。"

萧山盟感激地说："我们寝室的人都走得差不多了，我下午一直在隔壁寝室闲扯，锦书刚才把电话打过去，已经通知我了。还麻烦你特地跑一趟，真过意不去。你的行李收拾好了吧？什么时候的火车？"

章百合说："没关系，反正我也没事可做，同寝室的两个姐妹都和男朋友约会去了，我闲得无聊，正好出来透透气。谁让我没有男朋友呢！"她说到这里，语气有些幽怨，斜睨着萧山盟，见他没什么反应，又说，"我坐明天上午十一点的火车，正闹心呢，想着半年才回一次家，就给家里人买了些礼物，不知怎么就装了两个大皮箱，怕有一百多斤重，你说我一个女生，可怎么弄啊？"

萧山盟说："别着急，好办，我有个开出租车的表哥，块头挺大，我回家后给他打个电话，让他明天上午九点半去宿舍楼下接你，到火车站后再帮你把行李拿进站台，你也不用多花钱，搬行李那段按等时计费算就可以。我表哥热心肠，跟他一说准儿行。"

萧山盟没有自告奋勇送她去车站，百合难免感到失望，不过她这次出门前已经深思熟虑，有百折不挠、志在必得的决心，所以萧山盟的反应并未让她知难而退，反而更进一步："你现在去哪儿？"

"回家。你呢？"

"真巧，"章百合莞尔一笑，"我去西门那边买点儿东西，和你顺路。"

到目前为止，萧山盟并未察觉到章百合的用心，更没想到她对自己有爱慕之情。他对章百合没有特别的好感，也不厌烦。在他心目中，百合是锦书的好朋友，和他的关系自然也比普通同学近一些，但他和百合没有单独相处过，不曾深入了解，还算不上朋友，所以和她在一起时，必须拿捏好分寸，既不能让她受到冷遇，也不能给她造成错觉，以为他俩可以绕过锦书发展友谊。

百合和萧山盟沿着校园里的主干道，并肩往西门方向走去。百合的身材娇小，头歪向萧山盟那边，秀发倾泻下来，有几丝搭在萧山盟衣服上，这使得她像极了一个小鸟依人的幸福的女生。萧山盟多少感觉到有点不自在，像是不经意地向外侧挪动半尺，而章百合很自然很黏人地贴上来，她的脸庞纯净秀美，毫无杂念，倒让萧山盟暗暗检讨自己多心。

经过中心花园时，百合提议从中间横穿过去，少走一段弯路。萧山盟有些不情愿，想他俩在主干道上一起走还可以说是顺路，可中心花园是景海大学公认的“恋爱圣地”，他俩走进去可能引人误会。可是百合的模样天真无邪，直接拒绝未免太露痕迹，只好说中心花园虽然直线距离较近，但里面的道路曲曲折折，九曲回廊，十八级台阶，算起来路程比主干道还要长些。百合不和他争辩，揪起他的袖口，半拖半拽地往花园里去。

冬日的中心花园百木凋零，不知名树木的虬曲枝干胡乱伸展，青石路高低不平，衬托园中雕梁画栋的仿古回廊，像极了戏台上王孙公子家的后花园。在中心花园里走路要小心，因为每堵墙、每棵树后面都可能藏着一对热恋的男生女生，在嬉笑、拥抱或忘情地接吻，你的突然出现，常会惊到他们，或者吓你自己一跳。所以那些老成持重的白发先生们从不到中心花园里来，以凛遵“知而慎行，君子不立于危墙之下”的圣贤教导。

花园中央有一尊硕大的青铜像，连底座在内有四米多高，一人多宽，因年深月久，许多地方青漆剥落，露出里面锃亮的黄铜底色来。青铜人像端坐于藤椅上，手持书卷，相貌清癯，原型是景海大学建校校长张培之。

章百合在雕像前停下来，微微踮起脚尖抚摸青铜像的左脚，说：“张培之校长的长孙是我爸爸最好的朋友，经常到我家去喝茶下棋，我通过他才了解景海大学的。”

萧山盟站在她身后两米多远，说：“难怪你这个南方沿海姑娘，会来寒冷的北方读大学。张培之校长立身严谨，学贯中西，是我父亲最敬重的一位学人。”

章百合动情地说：“他不仅学问好，还是个难得的痴心人，和夫人林芷同的爱情故事是一段广泛流传的佳话。他俩婚后两年，去海边游泳，林芷同被巨浪卷进大海，张培之拼尽最后一分力气却仍无力挽救她，只能绝望地看着爱人被海水吞噬。他在祭文中吐露哀痛的心声，在惨祸发生时他本应追随林芷同一起葬身海底，但上有父母年事已高，下有幼子嗷嗷待哺，而且一手筹建的景海大学已经初具雏形，他无论如何没有一死了之的理由。以后的几十年里，他寄情教育，为景海大学的发展呕心沥血，终身没有再娶。他在每年林芷同的祭日都写一篇悼妻文，流传下来的有三篇，我爸爸评论这三篇悼妻文说‘字字泣血，篇篇锥心’，只有至性至情的人才写得出来。”

萧山盟听得出神，说：“以前读过不少关于张培之的逸事，这个故事倒是第一次听说，很让人感动。”

章百合没有接话，热辣辣的眼神盯住他清秀的脸庞，鼻翼一翕一张，胸膛一起一伏，显然内心非常激动。这时正值冬日下午，天空蔚蓝，阳光明亮刺眼，北风吹过割脸如刀，头顶偶尔有鸟儿鸣叫，悲怆而凄厉。

章百合忽然扑进萧山盟怀里，双手环抱他的腰，仰起脸，微闭双眼，喃喃地说：“吻我。”

萧山盟猝不及防，章百合身上化妆品的香气钻进鼻孔，似乎麻醉了他的神经，让他惊慌失措，无所适从。

也许最正确最果断的处理办法是把章百合用力推开，可是萧山盟做不到如此坚决。在这一刻之前，他丝毫没有意识到章百合对他有爱慕之情。章百合心机深沉，善于掩饰，从未向他流露内心真实渴望，也许她偶尔暗示过，可是过于隐晦，萧山盟偏偏又不是善解花语的人，何况他的心思全在云锦书身上，不曾关注百合的情绪和表情变化。

章百合偎依在他怀里索吻，他丝毫体会不到温暖、温柔、温情脉脉，完全没有心悸、心动、心跳加速的感觉。这世界上只有一个人，只有云锦书，能带给他那种奇特的美妙的感觉，那是她独有的标签。而现在，他好像紧贴着一件滚烫而僵硬的奇怪物体，迫不及待地想要摆脱。

他心跳得厉害，下意识地头向后仰，双手撑住章百合的肩头，以拉开一些距离，他的喉咙发干，说话声音都在颤抖：“百合，你是锦书的朋友，我是她的男友，我俩是她在这座城市里最信任最亲近的人。我们现在这种做法是在往她心上捅刀子，万一被她知道，造成的伤害将永远无法弥补。百合，你松开手，咱们就当这件事从来没发生过，把它彻底忘记，还像以前一样，快乐地、心无芥蒂地相处。”他感觉舌头似乎被冷空气冻住了，说话语无伦次。

章百合既然勇敢地迈出第一步，就把所有顾忌都抛到脑后，现在更加镇定自若，横下心来，不达目的誓不罢休。她内心认定萧山盟的话都是言不由衷，她没有松开手，反而把萧山盟的腰抱得更紧了。她仰起脸，因为寒冷和激动，她稍嫌发暗的脸色透出淡淡的绯红，更显得楚楚动人。她张开嘴说话时，呼出的气息凝结成朦胧的水雾，飘浮在两张青春脸孔之间。她执着地要求："吻我。"

能言善辩的萧山盟在这一刻词穷，不知道该怎样说服章百合放手，他想，必须立刻、坚决、不留余地地表明态度，才能彻底打碎她的幻想，即使伤害到她也顾不上了，原谅他没有两全的解决办法。他用力掰开章百合的双臂，向后连退了几步，他的表情极度尴尬和愠怒："你知不知道你的做法有多愚蠢？"

他弄疼了百合。她蹙起眉头，眼睛里饱含泪水，像是瞬间从天堂跌落地狱，失望、失败和屈辱感一起涌上心头，她没料到他的态度这样决绝，没料到如此悲惨的结局。她今天原本怀揣希望而来，志在必得。她像许多年轻女生一样，过高估计了自己在男性世界里攻城拔寨的能力。

萧山盟担心自己的态度稍有软化，就会被百合乘虚而入，一旦给她留有残存的幻想，只能使事情更加糟糕。他继续保持震怒的表情，低声吼着："章百合，如果是我以前的所作所为让你误会，我向你郑重道歉。我把你当成朋友，仅仅因为你是锦书的朋友，我们之间的友谊，从来不曾脱离锦书而独立存在，以后也绝不可能出现这种情况。今天的事情到此为止，我保证不会向第三个人提起。如果你仍不顾锦书和我的感受一意孤行，那我们连朋友也没得做。我这样说，不知道你明白没有？”

百合没有说话。她一动不动地傻站着，痛苦无助地凝望着萧山盟，他说的每一个字都带着刺，刺得她鲜血淋漓；他的吼声振聋发聩，震得她心尖直颤。两行泪水从她脸颊流下，流进嘴角，冰凉、苦涩。

萧山盟在此刻既非常气愤，又对自己疾言厉色地训斥章百合感到后悔，他从未想过自己会对一个女生说出这样残忍冷酷的话。面对伤心绝望的章百合，他感觉自己再滞留一分钟也是多余，只好在鼻孔里哼一声，转身就走。

他头也不回地走出中心花园，回到校园主干道上，心里百味杂陈，思绪像团乱麻一样撕扯不清，不知道以后该怎样面对章百合，毕竟她是锦书的同乡、同学、知心好友。如果因为这件事，破坏她和锦书的关系，伤害两人感情，甚至反目成仇，他也难免歉疚。可是，这事能怪他吗？

他轻轻叹了一口气。过完这个春节，他就满二十岁了，生活越来越真实地在面前展开，快乐和烦恼，都比从前来得更加猛烈而持久。

七

云锦书度过了有生以来最心不在焉的一个寒假。

她忽然发现萧山盟分走了她对母亲大部分的爱。见到母亲之前，对她的思念不再像以前那样强烈；见到母亲后，欢喜也打了折扣。这让她有些惭愧，不愿承认，想纠正自己，可是失控的感情由不得她。

绝大多数时间，她都在想念萧山盟，这就是所谓的相思吧，她自嘲地想。历史上有那么多关于相思的名句，什么“愿君多采撷，此物最相思”“本想不相思，相思催人老，几番细思量，还是相思好”，以前读到时，完全不能体会其中况味，觉得诗人夸大其词。现在终于尝到相思的滋味，却又嫌诗人才气不够，对相思的描写意犹未尽。

她每天都给萧山盟写信，在雪白的信笺上畅快淋漓地倾吐心声。不过这些信多数是写给自己看的，聊解思念之苦而已，寄出去的只有一小部分。说不清为什么，也许她只是不想把如火如荼的热情一股脑儿地倾注到萧山盟身上，让他对她的内心一览无遗。她想保留一些尊严，在两人燃烧的爱情中掺一点清冷，在亲密无间中留一线距离。

她不想热情转眼成灰。她虔诚地祈祷，希望和萧山盟天长地久，厮守终生。

春节前，她像每年一样，来到和楚原市一河之隔的曲水镇，帮干妈筹备过年的物什。

她的干妈六十来岁，身高体壮，动作利索，走路带风，眼神犀利，唯一缺憾是天生聋哑。她是个孀居老太太，镇上人都称她七婶。七婶的大名是杨金枝，不过这名字除去派出所主管户籍的民警，镇上没几个人知道。

七婶退休前是镇上集体企业的工人，退休后靠微薄的退休金生活。她精打细算，日子倒也过得去。她丈夫没有残疾，但体弱多病，早早死了，抛下她和一个儿子。她儿子生得健全，体形像妈，膀大腰圆，天生勇武。他随母姓，大名杨军好，因体毛旺盛，绰号黑毛。黑毛从小不爱读书，不服管教，最喜混迹市井，骂人打架、小偷小摸、偷看女人洗澡，劣迹斑斑。年纪渐长，黑毛遂成为曲水一霸，在街头横冲直撞，白吃白喝，没人敢惹。后来他因打伤人，被公安追捕，就逃离曲水，从此不知所踪。

锦书的手语，就是为照顾七婶而特意学的。她认七婶做干妈，并不是和她特别有缘分；花钱花时间照顾七婶，也并不是可怜她孤寡。锦书的用心在黑毛身上，她盼望有一天，她的苦心能够感动七婶，帮助公安追回黑毛。

七婶虽然聋哑，心里却明白，对锦书的主动示好不冷不热地回应。但锦书做事有常性，有韧劲儿，一有空儿就过来看她，帮她洗衣做饭、收拾房间，里里外外地忙活。锦书模样好看，嘴又甜，做事有眼力见儿，时间一长，就把七婶的心焐热了。七婶只有黑毛一个儿子，却从小就惹是生非，给她添麻烦，惹她生气，长大后又弃她而去，她一生从未体会过儿女绕膝的天伦之乐。别人都说锦书比亲生闺女还要贴心，七婶好福气。七婶虽然听不见，却知道别人的意思，心里高兴，就认了锦书做干女儿。

锦书上大学后，距离远了，不能常来常往，但还没忘了给七婶写信，说说学校的事情，也叮嘱七婶按时吃饭，天冷了别忘加衣。七婶识字不多，就把信拿给识字多的聋哑人，“读”给她“听”。别人看了信，更加羡慕七婶，说她白捡一个读大书的孝顺女儿，可不是前世修来的福气。七婶就美滋滋地笑。

每逢寒暑假，锦书除去在家陪伴母亲，差不多有三分之一的时间和七婶在一起。她虽然没忘记接近七婶的初衷，但相处久了，觉得七婶为人善良厚道，有情有义，在内心深处渐渐把她当成亲生母亲一样对待。

但两人再怎样投缘，七婶始终没有揭开那层盖子，锦书知道火候未到，也绝口不提黑毛的名字。七婶清楚黑毛犯的案子有多大，绝不是伤人那么简单，否则不会逃亡这么多年还不回来，他犯的事情，恐怕不止要蹲牢房，而是杀头的重罪。锦书再亲，亲不过亲生儿子。黑毛再不是东西，也是她身上掉下来的肉。七婶再仁义，却仍是个普通女人，亲手把儿子送上断头台的事情，还做不出来。

这桩悬案，该怎样了断，没有人能预料。

明天就是大年三十，锦书提着一只鸡和五斤肉来看七婶，进门就脆亮地喊一声“妈”，叫得七婶心里热乎乎的，湿了眼圈。她是真想锦书。她这辈子从没被人这么惦记过，也没这么疼过一个人，当然，除了那个她想疼却不知道人在哪里的黑毛。

锦书放下年货，从贴身小包里取出一张照片，递给七婶看，打手语“说”：“这是我男朋友。”眼角眉梢透出掩饰不住的笑意。七婶是过来人，一见锦书的表情，就知道她动了真心，笑着摇摇头。她仔细端详照片上的男人，一边看一边点头，赞许锦书有眼光：“你看他天庭饱满，眉形秀美，鼻根隆起，是个靠得住的男人。”锦书故意大惊小怪地“说”：“原来妈还会看相，怎么一直深藏不露，否则也好给我看看。”七婶大笑，“说”她只会给男人看相，不懂得看女人。

两人“说说”笑笑，不知不觉中已是夜幕四合。锦书起身要去弄晚饭，七婶拦住她，“说”她坐车累了，好好歇一歇，她自己来弄。娘俩推让一回，各退一步，两人一起动手。

锦书烧得一手好菜。厨艺这东西似乎是天生的，虽然刀工之类的花巧可以下苦功夫练成，但“食髓”却不是勤学苦练就能奏效，和唱歌、写诗一样，真功夫在诗外。好比一件浑然天成的精美玉器，后天的雕琢不过是把包裹在它外面的多余部分剔除而已。锦书虽然住校，掌厨机会不多，但她的烹饪水平可以与一流厨师媲美。她的想象力丰富，对菜肴的色泽、搭配、口感都掌握得很好，往往别出心裁，菜一上桌，尝到的人都连声叫绝。而一些家常菜肴，像炒土豆丝、醋熘白菜之类，经她调理后，味道也好得让人入口难忘。

七婶吃着锦书做的一桌子菜，感慨“说”姓萧的小子不知上辈子修了什么好，积了什么德，今生才有这样的福报，能俘获她宝贝闺女的芳心。

锦书笑着“说”当妈的偏心，以为自己女儿是最好的，其实萧山盟很有才气，人品好，非常受女生欢迎，她能和萧山盟在一起，也由衷感谢命运的眷顾。

七婶叹口气，半晌才“说”，锦书给她看照片时，她就看出锦书对照片里的人动了真心。做女人的，男人就是她的天，但不是所有男人都靠得住，万一男人走了，女人的天也就塌了。聪明的女人会留一半天空给自己，将来即使男人靠不住，也不至于一败涂地，片甲不留。

锦书“闻言”发了一阵呆，“说”：“妈多心了，萧山盟和别的男人不一样，他说话就像板上钉钉，百分百靠得住。”

七婶“说”：“别怪妈给你泼冷水，女人被男人迷住时，都觉得自己的男人不一样，会对自己好一辈子。其实世上的男人有哪个不一样？肯为女人付出一片心的有几人？古往今来，掰着手指头都能数得过来。做女人的，实心实意对别人好是对的，可是总得给自己留余地，别把整个人、整颗心都搭进去。”

锦书敷衍她：“妈，我记住了。”

第二天一早，母女俩草草吃了早饭，兴冲冲地往墙上和门上刷糨糊，贴春联和福字，又在门口挂一盏大红灯笼，院子里洋溢着过年的喜庆气氛。

忙活完，七婶就要准备接年饭，才发现忘了买鱼，七婶一拍脑袋，“说”年年有鱼是大年夜必不可少的一道菜，趁现在市场没关门，赶快去买还来得及。锦书“说”左右无事，她陪七婶一起去。

两人提着鱼兴冲冲地回来，开门进屋后七婶脸色一变，锦书眼尖，瞅见厨房门大敞着，灶台旁多出一个编织袋，鼓鼓囊囊地装满东西，灶台上从天而降一沓钱，十元面值，看样子有一两百块。她明明记得出门前关上了厨房门，离开家这段时间明显有人进来。她心思转得飞快，把鱼递到七婶手里，“说”：“您把鱼提到厨房里去，我内急，去去就回来。”

七婶住的是一趟平房中的最西头一间，前后有窗，院墙矮矮趴趴，防得了鸡鸭猪狗，防不了穿房越脊的贼人。但七婶家穷，曲水镇民风淳朴，寻常也没人到她家来偷东西。

锦书在外面围着七婶家转圈，心怦怦跳，脑袋里嗡嗡作响，思维和肌肉像是一起僵住了，数九寒冬，却出了一身透汗。前前后后转过十来分钟，没发现什么可疑迹象，估计七婶已经藏好钱和东西，就模仿武侠片里武林高手的模样，吐纳几次，调匀呼吸，拍一拍胸口，告诉自己千万要镇定，然后若无其事地走进屋去。

却见七婶端坐在卧室里的藤椅上面，表情严肃，脚下摆着那只编织袋，敞开口子，露出里面满满的冻肉，冻肉上放着那沓钱。锦书见七婶的阵仗是要跟自己摊牌，猝不及防，心里又慌乱起来。

七婶拍拍身边的椅子，示意锦书坐下来，和她膝盖顶着膝盖，手拉着手。七婶端详锦书的俏模样，那张略嫌稚嫩的脸上透出让人又爱又疼的倔强。她轻轻叹气，心中百感交集。

“锦书，别怪娘太直接，娘今天必须跟你说几句掏心窝子的话。”这是七婶在近两年里，第一次称呼锦书的名字而不是喊她闺女。七婶的手语并不好，许多词语要边比画边琢磨，实在想不出，就用其他词语代替，所以她的“语速”很慢，“娘疼你，明白你的苦心，也佩服你做事的执拗劲头。这几年里娘常想，咱们这是上辈子修来的缘分，比亲娘俩还亲，不管你是为啥扑奔我来的，只要娘能做到，哪怕要了我的老命娘也乐意。你去上大学，娘天天想你，怕你冷了热了，怕你吃饭不应时，怕你读书辛苦，怕你的小身板吃不消。娘一个又聋又哑的孤寡老太太，你能图啥呢？你不说娘也知道，你是冲大军来的，”——大军是黑毛的乳名，“这些年来找大军的人可真不少，干啥的都有，想啥法子的都有，都想跟娘要人。娘不知道大军干了啥坏事，惹下这么多仇家，不过娘知道，他干的坏事一定不小，怕是杀头的重罪。”

“刚才咱娘俩出门这工夫，是大军回家了，钱和肉都是他带来的。他每年都来家看我两回，或者年三十，或者初一，或者八月十五，没有一定。大军是孝子，哪怕他犯了滔天大罪，他都是我儿子，是娘的心尖尖，要想让我亲手把他送进深牢大狱，甚至送上断头台，就算杀我一千回，也绝不可能。

“何况，娘也压根儿不知道他藏在哪里。这是实话，他虽然年年回来，但是从来不和我照面，每次都是把东西撂下就走。娘有七年没看见他了，对他现在的情况知道的还没有你们多。

“娘也问过自己，你和大军都是我的孩子，一个闺女，一个儿子，哪个更亲？没法区分，手心手背一样亲，打断骨头还连着筋。谁要是敢动你一个指头，娘就跟他拼老命。可是要为了你把大军豁出去，娘也狠不下这颗心。锦书，你现在就收拾收拾回家吧，今年别陪娘过年，以后也别再来了，咱娘俩的缘分就算到此为止。我帮不上你，没有脸面白得你这个闺女。”

七婶是个精明人，见锦书进屋后的反应，就意识到她早看见了厨房里的东西。她知道锦书家里只有个亲妈，却年年来陪她过年，这是多大的牺牲，多大的决心，大军一定把人家害惨了，才让这小姑娘横下心来做这事，不逮到大军不罢休。七婶愧对锦书，可是正如她所“说”的，要她亲手把大军交出去，简直是痴心妄想，哪怕刀架在脖子上她也做不出，把她千刀万剐她也不会屈服。既然陷入两难境地，还不如干脆了断和锦书的缘分，不给她丁点儿希望，她将来也就不会失望。

七婶虽然反复考虑过，但“说”出这番话时心里还是像刀绞一样难受。她万分舍不得锦书。在她内心深处，大军已经退化成一个亲情的符号、一个心灵的寄托，而锦书却是实实在在的，看得见摸得着的，她乖巧、懂事、贴心、听话，不仅模样俊俏，还是“念大书”的。这样的女儿，她以前做梦都不敢奢望。真要把锦书撵走，等于把她的心掏空了，她剩下的日子，再没有乐趣和盼头可言。

七婶的“话”像一柄重锤击在锦书心坎上，把她整个人都打蒙了。她起初来找七婶，是受人指点，用意在于通过她寻找黑毛的线索。可是长时间相处下来，她感到七婶为人纯朴，情深意切，对待她像对待亲生女儿一样亲厚，假戏逐渐演变成真情。锦书虽然没有忘记接近七婶的初衷，但对七婶的感情却完全是出于本心，再没有丝毫敷衍。

她隐隐约约知道黑毛有时候会回来看望七婶，但今天却是第一次亲眼见到黑毛留下的踪迹，带给她石破天惊般的震撼。她在外面转圈时，边观察环境边思考对策，幻想以此为契机，从七婶嘴里套出黑毛的藏身地。没想到七婶先发制人，不仅把她的嘴堵得严严实实，还要和她断绝母女关系。

锦书心急如焚，扑到七婶身上，泪流满面，激动地挥舞双手，“语无伦次”地“说”她就是七婶的亲女儿，以后绝口不提关于大军的只言片语，断掉从妈身上寻找大军下落的念想，绝不会让妈为难，她要和七婶做一世母女，求七婶不要赶她走。

锦书伤心欲绝的反应轻易击碎了七婶并不坚固的防线，她长叹一声，把锦书紧紧揽在怀里。她如此用力，以致手指深深抠进锦书的棉袄，陷进她的皮肉，似乎冥冥中最诡异的力量、命运最荒诞的安排，也不能把她们分开。

夜幕悄然降临。一声爆竹响起，打破曲水镇的安宁，紧接着，千万只爆竹噼噼啪啪炸响，渐渐连成一片，震得人心尖直颤。

新的一年正在拉开序幕。

八

锦书提前一周返回学校。

拖到这么“晚”才回来已经是她忍耐的极限。她对萧山盟的思念如此强烈，每晚入睡前想着的人是他，清晨眼睛还没睁开，脑海里跳出的第一个形象还是他。他像是已经深植在她思想里，融进她血液里，不必刻意，无须提醒，他就在那里。

你在的时候，你是一切。
不在的时候，一切是你。

她想起刻在课桌上的这首小诗。不知道是谁刻的，说得真对，真好，以前不懂，现在懂了。

为了多陪陪母亲，她又度日如年地挨了几天，离开学还剩一周的时候，她终于熬不过去了，如果再见不到萧山盟，她就会死。

我不怕死，
我怕我死了，
再没有人像我这样爱你。

她又想起一首刻在课桌上的小诗。真对，真好，以前不懂，现在懂了。

她返校后和萧山盟在一起腻了五天。二十几年前，景海市还留有浓重的计划经济时代的色彩，一切循规蹈矩，娱乐场所少得可怜。即便有，也是放港产电影的录像厅、冲速溶咖啡的咖啡馆、在"靡靡之音"的伴奏中跳贴面舞的小舞厅之类，他俩既没有兴趣，也消费不起，所以大多数时间，他俩都是在图书馆里度过，偶尔去公园散步，牵着手，在青石板上踩出"嗒嗒嗒"的声响。锦书有时恶作剧，把冻得冰凉的手突然塞进萧山盟的衣领里，吓他一跳后得意地哈哈大笑。他们乐此不疲地玩着这样孩子气的游戏，享受着简单纯粹的爱情。

还有两天就开学了。萧山盟说明天市残联组织十几名义工去东郊的红星福利院服务，李曼带队，他也去，问锦书有没有兴趣参加。

锦书很失望地说她一万分想去，可明天有两场景海市大学生医疗救援队心肺复苏培训，她是救援队的理事会成员，按程序要求必须参加，这是放寒假前就定好的项目，不可以临时更改或请假。萧山盟安慰她说不要紧，两人各有自己的空间最好，没必要时时事事都绑在一起，否则别人见多了也感到厌烦。

他左手握拳，用大拇指指向自己心口，然后一手轻轻抚摩另一只手的拇指指背，又用食指指向锦书，他在用手语告白：我爱你。

锦书很感动，嘴角绽放灿烂的微笑，她用同样的手语向他表达心意，只是结束时一只手张开，五指轻轻抖动，她说：我爱你更多。

萧山盟走进红星福利院时，有几名义工已经先到了。他意外地在人群中看见了章百合。

章百合似乎并没有留意他。她今天一反常态地打扮得很朴素，头发用皮筋随意扎起，穿蓝色工装制服、黑色条绒棉鞋，略显臃肿，活像一个刚进工厂车间工作的黄毛丫头。她正在全身心投入地擦洗福利院的家具。那些床、柜、桌椅板凳几乎都是社会捐赠的旧货，因长时间没有清洗，糊着一层厚厚的油垢，本来面目已无从辨认，要想把它们擦干净，非花费大气力不可。

章百合在擦一只床脚。那是一张硕大的仿古木床，做工繁复，床脚雕着一圈圈花纹，纹路里积满灰泥，擦起来格外麻烦。

章百合跪在地上，用一块抹布蘸了肥皂水，脸几乎贴在床脚上，一点点地擦洗，逐渐露出它棕红的底色来。

萧山盟事先并不知道章百合也会来参加这次义务劳动。他已经在红星福利院服务十来年了，以前从未在这里见过章百合，所以他第一眼见到她时，惊讶之余，还有点儿窘迫。他对中心花园发生的那一幕仍耿耿于怀。他再三考虑后，决定不把那件事告诉锦书，因为担心锦书不高兴，导致她和百合反目。尽管这种隐瞒是出于好意，他却难免愧疚，好像做了对不起锦书的事一样。

既然在福利院遇到百合，他就有和她打招呼的义务，以示既往不咎，他已忘记不愉快的事，他们仍是锦书共同的朋友。

百合听见有人喊自己的名字，貌似惊愕地抬起头，见到萧山盟后粲然一笑，露出洁白如玉的几颗牙齿。她的表情轻松自然，笑脸亲切从容，好像早就比萧山盟更彻底地忘记了发生在中心花园的事情，又或者那件事和她并不相干，仅是萧山盟一厢情愿的一个梦，她被迫做了梦中主角。

她站起身，轻轻握一握萧山盟的手，不，是若即若离地触一触他的手，既显得亲热，又不失分寸，说："竟然会在这里见到你，你也来做义工？"她的问话透露出一个信息，她原本不知道萧山盟会来，两人在红星福利院相遇，仅是巧合而已。

萧山盟发觉自己在说话时目光躲闪，不敢和章百合的眼睛碰撞，这让他很懊恼，甚至对自己的心理素质产生疑问——他硬着头皮说："你抢了我的问题，原来你也报名参加了义工组织。红星福利院是市残联和民政局联合建设的单位，由我母亲所在的部门直管，今天的义工服务就是她牵头组织的。我十来岁时就跟着母亲在红星福利院服务，对它的一草一木都很熟悉，我的手语也是在这里启蒙的。”

像是配合他的说法，有两名年迈的聋哑人向他咿咿呀呀地打招呼，做出问候的手势。

萧山盟向他们微笑致意，扬起右臂，伸出大拇指，回应问候，又对百合说：“能在这里见到你太好了。这几年红星福利院的义工流失严重，民政局配备的工作人员短缺，福利院老人接受的服务质量不比从前，残联正面向社会征集义工。你有这份服务社会的心意，福利院老人们一定很感谢你。”他虽然竭尽全力想在章百合面前表现得轻松随意，却发现自己很难做到，说出话来像在背诵官样文章。

百合像是突然听到一件非常好笑的事情，“咯咯”地笑起来，笑声像百灵鸟一样清脆，笑脸像孩子般纯真无邪，她摆摆手：“现在有一大摊子事要做，回头再跟你说话。”

萧山盟刻意避开她，远远看见她的身影就躲到其他房间，不和她照面。他有生以来从未这样别扭过，倒像是他自己亏心似的。

到中午时，肚子叫起来，才意识到该吃午饭了。按惯例义工们不能在福利院里就餐，自行到外面的小馆解决。他盘算着街对面有一家拉面店是老字号，一大碗鸡汤拉面才两块钱，经济实惠，味道又好，想起来直咽口水，决定就去他家吃。

才拿定主意，见两个人向他走过来，竟然是李曼和章百合。更令他诧异的是，百合挽着李曼的胳膊，两人边走边说说笑笑，态度亲密，不知情的人会以为她们是嫡亲母女。

萧山盟隐隐约约猜到百合来做义工的真实目的，却又很快自我否定了，他不愿相信章百合如此工于心计，咄咄逼人，计划性和目的性明显而直接。他也不相信自己对章百合有不可抗拒的吸引力，毕竟他们之间连基本的了解都谈不上。

李曼看上去很开心，却貌似嗔怪地对他说："你有同学来做义工，也不告诉我，还要百合主动介绍自己。"

萧山盟只好说："没腾出空来，正想着趁午饭时间给你介绍。"又问百合："还行吧？第一次在这里做义工，累不累？"

百合笑着摇摇头说："不累，既做好事，又锻炼身体，一举两得。"

李曼说："百合做事肯出力气，又认真细致，一上午打扫了三个房间，连床脚的油垢都擦洗得干干净净，看看她这身衣服，"她怜惜地拍一拍百合的肩膀，"像在泥里打过滚似的。这么漂亮又不娇气的女生，现在可不多见了。"李曼不吝溢美之词，说得百合有些不好意思，扭怩地低下头，脸色泛红。

萧山盟附和李曼："对，对对。"

李曼瞅着他不自然的样子，感到好笑，说："别光说不练，中午了，请你同学吃顿饭，犒劳犒劳。"

百合忙说："阿姨，您的心意我领了，还是不要破费，我随身带着面包和凉白开。"

李曼说："干活这么累，光吃面包哪行，你看你都瘦成什么样了。福利院门外有一排饭店，咱们找一家，边吃边说说话。"

百合拗不过她，说："那就找一家物美价廉的餐厅，填饱肚子就行。今天来福利院，也算接受了忆苦思甜教育，和孤寡老人们相比，我们的生活不知要好多少倍。"百合说得动情，眼圈红红的。

李曼感叹说："这孩子多懂事，那咱们就去那家鸡汤拉面店，便宜，管饱。"李曼知道萧山盟喜欢那家，就顺水推舟地提议。

拉面店的门脸不大，里面收拾得整齐，仿火车座位的亮漆椅子，配铁质餐桌，干净而别致。拉面端上来，满满三大碗，油汪汪的汤，翠绿的葱花，香气扑鼻。虽然百合主动要求接受忆苦思甜教育，李曼还是怕慢待她，又点了一盘白切鸡、一盘卤豆腐、三听可乐。百合直叫太多了，怕浪费粮食。

李曼对百合的第一印象很好，非常喜欢她，聊起天来也热络，问起她这个南方姑娘，怎么会来景海大学读书。百合说他父亲就是景海大学中文系毕业生，现在楚原日报社任主编，对景海大学有深厚的感情，所以她填报高考志愿时，在"独裁者"的压力下"被迫"选择景海大学为第一志愿。

李曼哈哈大笑，说："你竟然敢在背后这样说你父亲？"又问她父亲是哪一届毕业生。百合回答说六八届。李曼感叹地说真巧，萧山盟的爸爸也是景海大学六八届毕业生，建筑系，说不定他俩还认识。

这样一来，两人心理上又亲近一层，萧山盟却板着脸不怎么说话。李曼用白眼珠瞪他，在桌下轻轻踢他小腿。萧山盟烦了，说："吃得差不多了，咱们回去吧，还有许多活计要做。"按李曼的意思，还想再坐一会儿，百合却也附和萧山盟，三个人就结了账回去。

晚上回到家，李曼怪萧山盟不懂礼貌，对女同学冷着脸不说话。萧山盟反驳说："跟她又不熟，哪有话题。"

李曼说："处一处就熟了，人还有生下来就相互认识的？"想一想又说，"她是锦书的朋友，你们还在一起吃过饭，怎么会不熟呢？"

萧山盟说："锦书的朋友，未必就是我的朋友。"

李曼说："你越来越会顶嘴了。百合这女孩子挺不错，长得漂亮就不说了，嘴巴甜，人也朴实。锦书的嘴巴也甜，就是个性太强，而且有城府，不像百合那样心思单纯。"

萧山盟心想，你把两人颠倒来看了，不满地说："您别瞎说行吗？只见过一次，就胡乱给人做评语。再说她俩比得着吗？以后请您别拿锦书和别人比。"

李曼咂舌说："还没娶媳妇呢，就忘了娘了。我这不是随口说说吗？再说，锦书确实比百合有城府，你和锦书相处这么长时间了，她跟你说过她家里的情况吗？都到这程度了，还藏着掖着的。”

萧山盟说：“别人家里情况有什么好打听的，说不说都是她的自由。”

李曼不高兴地说：“对别人不说也就算了，对咱们她总该说说吧？我和你爸都不是势利眼的人，比咱高的不巴结，比咱低的也不会看不起，不管她家里什么情况，只要是本分人家，不违法乱纪，我和你爸都能接受，保证不出幺蛾子，不搅和你们。但是你们俩在一起都半年多了，她家里的情况跟咱们提都不提，算怎么回事？”

萧山盟替锦书辩解：“就是觉得没必要吧，我和她谈朋友，不关她家什么事。”

李曼叹口气：“怎么可能呢？你就别替她找借口了。你们这种校园恋爱我见多了，家庭是绕不过去的一个坎，尤其像锦书这样的外地学生，如果她父母干涉，非要她毕业后回老家去工作，你俩就面临难以跨越的障碍。咱家就你一个孩子，从小到大没离开过景海，要是跟她去楚原，简直是把我和你爸的心剜走了。”李曼说着，眼圈就红了。

萧山盟见母亲认了真，不敢顶撞她，竟无言以对。他没想过母亲说得那么远，毕竟离毕业还有两年多时间，到时再筹划也来得及，何况他还打算读研究生，想拉着锦书一起报考，如果两人都顺利考上，是最理想的结果。他对自己的学业有信心，也相信锦书只要有考研的意愿，就一定能考上。她的基础知识非常扎实，人又刻苦、聪明，也许是萧山盟见过的最聪明的女生。

不过这毕竟是八字还没一撇的计划，他也没跟锦书提过，来日方长，他沉得住气。

他理解李曼的担心。他家就住在大学校园里，听到过太多千姿百态、千奇百怪的爱情悲剧。毕业季也是分手季，个性“潇洒”的，挥挥手告别，丢开一棵大树，奔向一片森林；个性执拗的，哭天抢地，寻死觅活；而内心深爱着彼此却迫于形势分手的，往往是一朝离别，一生伤心。

李曼不愿意看到萧山盟遭受这样的人生挫折。她了解自己的儿子，他继承了他父亲的性格，真诚专一，既然爱上锦书，就投入全部身心，爱得深沉炽热，他在感情上是输不起的人。

李曼有一个未经证实的猜测，锦书对她的家庭情况讳莫如深，绝口不提，也许是因为她父母有一方或双方是聋哑人，不然锦书怎么会熟练掌握手语呢？可是这又有什么关系，锦书完全没有必要因为这种事自卑，她和萧逸都相当开明，对残疾人绝没有丝毫歧视。当初他们误以为锦书是聋哑人，也没有多么强烈地反对，又怎么会不接受她的父母呢？

李曼认为她的猜测很合理，不过她又不好直接问锦书，有两次旁敲侧击，都被锦书搪塞过去，这让李曼心里疙疙瘩瘩的，感觉自己不被信任，而锦书为人不够坦诚。

在红星福利院遇到章百合后，萧山盟对她更加防范。他对红星福利院很有感情，不能由于章百合的原因就不再上门服务，但他每次去以前，都会核对义工名单，只要有章百合的名字，他就换一个日子。

他渐渐发现一个规律，章百合不仅去红星福利院，她的服务地点是随着李曼走的。李曼的对口单位有一所聋哑学校、两家福利院、十一个社区，她每周调研一个地方，而她出现在哪里，章百合就一定跟到哪里。

李曼毫不掩饰对章百合的喜爱，隔三岔五就会提起她，赞美不已，让萧山盟浑身上下不自在。

萧山盟刻意躲着章百合，她却主动“打”上门来了。

那个周末才吃过晚饭，章百合打来电话，说她就在楼下的公用电话亭，想上来看看叔叔阿姨，不知道方不方便。

李曼对着话筒一迭声地说：“方便方便，能找到家门吗？要不要我下去接你？”

章百合说：“不用了，能找到，我这就上来。”

李曼一手拽着萧山盟的胳膊，一手取出十块钱，说：“楼下的菜市场还没散，你快去从东头数第三个水果摊上买几斤荔枝回来。我下班时看见的，是新鲜荔枝，百合最爱吃这个。”

萧山盟抗议说：“厨房里不是还有荔枝吗？家里没人爱吃，又买。”

李曼作势当胸捣他一拳：“厨房里的放了好长时间，不新鲜，叫你去就马上去，别废话。”

萧山盟才打开门，见章百合正走上楼，手里提了几个礼盒，只好向她笑笑："你先进屋坐下，我去买点东西就回来。"李曼在屋里把门欠一条缝向外张望，见百合走近，忙打开门把她让进来。

百合抱住李曼的胳膊腻了一会儿，才给萧逸鞠一躬，说："萧叔叔好。上次李姨提到您是景海大学六八届毕业生，和我爸爸同届，我给家里打电话时问起来，我爸说上学时认得您，几十年没见，很想念老同学。他从楚原寄来一些特产，让我给您送来尝尝。不是值钱的东西，但是应季的，很新鲜。"

萧逸忙让百合在对面的沙发上坐下，说："你父亲有心了。他是哪个系的？叫什么名字？"

百合说："中文系，叫章涤非，他说在校时和您是同一个合唱团的。"

萧逸在庞大的记忆仓库里搜寻一会儿，摇摇头，抱歉地说："我在建筑系，和中文系的同学基本没什么接触，如果和你父亲见了面或许能想起来，单凭名字，很难对上号。"

李曼责怪他说："别人记得你，偏偏你的记忆力就那么差。我倒不知道你上学时参加过合唱团？"

萧逸呵呵笑起来："我生来没有音乐细胞，五音不全，在合唱团里起不到好作用，倒把别人都带跑了调。那回是因为有个合唱团成员患了急性咽喉炎，队伍里空出一个位置不好看，才把我临时抽调过去。合唱团团长发现我唱不好，单独辅导了几次，可能实在是朽木不可雕，就让我只做口型，不出声。”他忽然想起来什么，对百合说，“你父亲是不是一米七左右，很瘦，说话有四川口音？”

百合欠着身子说：“是，我爸在四川绵阳出生。”

萧逸一拍手掌说：“就是我们的合唱团团长。”又感慨说，“记忆里你父亲就是你现在的年纪，一个文弱书生，一转眼几十年过去，女儿都这么大了，也在景海大学读书，真是‘光阴似箭催人老，日月如移越少年’。”

李曼说：“当着孩子面，就别转文了，好好说话。”

百合忙说：“李姨，萧叔叔这样说话很亲切。我爸爸日常说话时就常常夹带古诗的。”话音才落，三个人哈哈大笑起来。

说笑着，萧山盟买了荔枝回来。李曼把荔枝拿进厨房冲洗干净，剥去壳给百合吃。

百合吃了几颗荔枝，像忽然想起来似的，对萧山盟说：“咱们学校下个月底有一场校园文艺会演，我们系计划出一个手语节目，四十一人表演，背景音乐是一首公益歌曲。我是系学生会的文艺部长，寻找手语教练的重任就落在我肩上。所以想问问你，能不能帮我们这个忙。训练时间都安排在晚上，每星期练两次，每次一到两小时。系团委拨出一部分经费，作为给手语教练的报酬。”

萧山盟怔了怔，第一反应是拒绝。他不愿意和章百合有太多接触，如果接下这个任务，就意味着每周有两个晚上要和她一起工作，这让他感觉尴尬。他很快找到一个恰当的推脱理由，说：“推广手语是好事情，我很乐意帮忙，可是我这学期集中选了两门选修课，都在晚上上课，怕抽不出时间。”

百合马上回应：“没关系，如果时间安排不开，就不要勉强，上课更重要。我本来想着这是个勤工俭学的机会，又是你擅长的领域，就问一问。能成最好，不能成的话，我再联系聋哑学校，聘请一个手语老师。”

李曼接过话题，劝萧山盟说：“这机会多难得，既勤工俭学，又发挥你的特长，又帮百合的忙，一举三得。你把选修课时间表给百合抄一份，只要训练和上课不发生冲突就行，每周才两三个小时，怎样都能抽出来。”

百合说：“这点我能保证，绝不占用你选修课时间。”

萧山盟看眼前情形，如果坚决推辞，百合的脸上不好看，就说：“那好，回头咱们研究一下，制定个训练方案。既然要做，就把它做好，争取在文艺会演上有出色表现。”

百合和李曼听他这样说，都笑起来。

送走百合，萧山盟回到自己房里，越琢磨越不对劲。他想必须把这段时间和章百合的交往告诉锦书，包括在中心花园那一幕，都向锦书如实托出。虽然锦书可能不高兴，怪他隐瞒了这么长时间，也可能因此导致锦书和百合的友情破裂，但是他必须直面这些后果。在爱情里，诚实至关重要，这是双方建立信任的基础。而且，锦书有知情权，无论她知道以后会怎样反应，他都不能以善意为借口，单方面剥夺她的知情权。

想通以后，萧山盟感觉心情轻松许多，似乎连日里压在胸膛的一块大石头终于掉了下来。

锦书听到事情经过后，反应远没有萧山盟预想的那样强烈，既没有醋意大发，也没有火冒三丈，她像一个胸有成竹、掌控全局的将军，很冷静地验证："她喜欢你？"

萧山盟不知道她的冷静是不是山雨欲来的前奏，小心翼翼地说："是。"

"你认为她在设法接近你？"

萧山盟迟疑地说："根据她的种种表现判断，是这样。"

"她有机会吗？"锦书步步跟进，像在审问犯人。

萧山盟没明白："什么机会？"

"把你抢走的机会。"

萧山盟哑然失笑："怎么可能，我对她没有一星半点喜欢。如果她不是你的朋友，我和她压根儿不会有任何交集。再说，我又不是一件物品，随随便便就能被人抢走。"他凝视着锦书，目光里流露出无限爱怜和眷恋，"我的心灵空间已经全部被你占据，再也不能挤进别人。"

锦书笑了："这就是所谓的甜言蜜语吧？果然百试不爽，我爱听，但愿几十年后，你还能问心无愧地说出这句话。"

萧山盟见锦书并不计较，才知道自己先前的担心全是杞人忧天，说话语气也轻松起来：“你不会和她反目成仇吧？”

锦书调侃他：“反目成仇？难道你很香吗？要两个漂亮女生撕破脸皮来抢。”又说，“她喜欢你，你却不喜欢她，她是个可怜人。我已经比她幸福几百倍了，没有理由生她的气。”

“不过，”锦书转动着眼珠，眼球明亮得像黑水晶，“她做事的方法有问题。她是我的同窗好友，而你是我的男朋友，她即使喜欢你，也应该埋藏在心里，为我们祝福。但是她既不顾我们的感受，又不计后果，把这层窗户纸捅破，被你拒绝后还不知难而退，仍想方设法地接近你，说明她的道德底线很低，我不能再和她做朋友了。肯定不会撕破脸皮，但是我会注意把握和她交往的尺度。”

她又动情地说：“谢谢你向我坦白你和章百合的事。我相信，你以前瞒着我，是因为爱我；现在对我说出来，也是因为爱我。你对我们的感情充满信心，对我充满信心，对你自己也充满信心，这是我在这件事里看到的正面力量，让我感动和欣慰。”

萧山盟从她的目光中看到一种发自心底的喜悦、掩饰不住的幸福，那是一个女人被人需要、信任和深爱时才有的光芒，那光芒准确地击中他内心最柔软的一隅，让他热血沸腾，对她死心塌地。

锦书靠在萧山盟的胸膛上，聆听他强劲的心跳，感觉心情安宁平静，世界无比美好，真希望时间在这一刻定格，直到天荒地老。

黄昏时回到家，萧逸外出开会还没回来，李曼独自呆坐在客厅沙发上，没开灯，残阳的余晖透过窗户洒在地板上，红艳艳的，像一团将熄的火苗。

萧山盟按下白炽灯开关，说：“妈，你怎么不开灯？”

李曼拍一拍沙发，说：“你坐到这里来，我有话和你说。”

她的语气异常严肃，萧山盟猜想她不是要随便聊聊，就顺从地坐到她身边，试图缓和气氛：“妈，干吗这么郑重其事的？”

李曼板着脸说：“你和锦书相处快一年了吧？”

萧山盟说：“如果从通信时开始算，刚好一年。”他现在仍不时重读两人尚未明确恋爱关系时锦书写给他的信，信封上邮戳的日期，忠实地记录着他们的爱情进程。

李曼字斟句酌地说：“那么，你了解她吗？”

萧山盟听出来李曼的问话后面另有所指，但是猜不到她的真实意图，只好简短回答：“了解。”

李曼分明在努力克制情绪：“你真正了解她吗？我持有怀疑态度。你现在认识的云锦书是她展示给你的，她主观上想让你看到的，只是她的一部分，或者说是经过美化的一部分。但是，你了解她的全部吗？比如她的家庭、她的过去？”

萧山盟微微蹙起眉头，他对李曼的态度有些反感，对她不断提起这个话题感觉厌烦。他潜意识里已经把锦书当成最亲近最信任的人，当然别人有权利质疑、谈论甚至贬低她，但是——请在背后行使这种权利，没有人能堵住你的嘴巴，绝对不要当他的面说她不好，指责她，怀疑她，这比打他的耳光还难受。可是他不能忽视李曼的疑问，更不能直接驳斥回去，她和锦书是他生命中最重要的两个女人，他有义务帮助她们互相信任，维护亲密关系。

萧山盟努力让自己的语气保持轻松："妈，锦书跟我说过一些她的家庭情况，她母亲是一名妇产科医生，她父亲已经过世几年了。她也经常和我谈起她小学、初中和高中的事情，无非是上学放学和师生间的琐碎事。她才二十岁，过去经历单纯得像一张白纸，说起来也有些无聊，谁能成天挂在嘴边说呢。而且，她和我谈朋友，就是两个人之间的事，和她的家庭无关，和她的过去也无关，她愿不愿意跟我讲，都是她的自由。我的责任是好好地把握现在和将来，规划好以后的人生道路，而不是斤斤计较她的过去。"

萧山盟向李曼敞开心扉，开诚布公地沟通，希望借此化解她对锦书的不满，但是在抱有成见的李曼听来，每一句都像文过饰非的辩解，她摇摇头说："人在恋爱中智商会降低，看事情不那么清楚。而且，女生比男生成熟得早，你说起来头头是道，自以为想得通透，其实比锦书的心机差着一大截。"

萧山盟终于不耐烦起来："妈，你有话就直说，别跟我打哑谜、兜圈子。"又补充一句一直憋在心里的话，"你是不是听到什么关于锦书的流言了？"

李曼像终于下定决心似的："好吧，我就直说好了，锦书在高三上学期，为争取保送北大的名额，曾经勾引过她所在高中的校长，受到学校记大过处分。"

萧山盟像是没听懂李曼说什么，待了好一会儿，才哑然失笑："锦书？怎么可能？妈，你怎么能相信这种无稽之谈，还郑重其事地跟我谈？你也了解锦书，她内心纯洁善良，别说为了一个大学保送名额，就是用全世界的功名利禄来诱惑她，她也做不出那种事。"萧山盟强行压抑着心中熊熊燃烧的怒火，侮辱锦书简直比侮辱他自己还要令他难过，如果对方不是李曼，他早就反唇相讥，或者拂袖而去了。

李曼没有留意萧山盟的表情变化，反驳他说："一个人人品怎样，又不会写在脸上，你和她才相处一年，没有经历过人生大事，不能给她打包票。你呀，别把全部身心都投进去，给自己留条退路，寻找机会用言语试探她，如果她真做过这种事，我们可要重新考虑了。"李曼把"重新考虑"四个字念得特别重，以委婉表达她内心的真实想法。

萧山盟试图揪出躲在李曼背后的谣言源头："这件事是章百合对你说的？"

李曼驳回他："是谁说的不重要，重要的是云锦书有没有这么做过。"

萧山盟固执地索求答案："是谁说的非常重要，我们已经中了冷箭，如果不知道放箭的人是谁，不加以防范，下次很可能还会中箭。第一次中箭还可以说我们心思单纯，第二次再中箭就是愚蠢了。”

他不说“锦书”中了冷箭，却用“我们”代替，显然把自己和锦书划到一个阵营，有“荣辱与共”的意思。李曼触及他的防线，遭遇强烈反弹，拗不过他，只好承认：“就算是百合说的又怎么样？她和锦书是高中同学，更了解她的为人，跟我说这件事也是出于好心，是为了你将来的幸福考虑，不要被眼前的柔情蜜意冲昏头脑。”

萧山盟哂笑说：“我就不信她是出于好心。亏得锦书还把她当成最好的朋友，她真做得出来，暗地里泼锦书一身脏水。”萧山盟下定决心，以后离章百合远远的，答应她做手语教练的事也要找借口推辞掉，索性把她当作陌路人，眼不见心不烦。

李曼见萧山盟执意不信，也有些恼火，可是又没有好办法让他心服口服，就想干脆找到证据以后再和他谈，到时候不由得他不信，看他还能说些什么。

九

吉隆坡国际机场的旧街场咖啡馆，光听名字就有一种化不开的怀旧味道，而古老的白咖啡更在这味道里添加了氤氲的香气，置身其中，压抑许久的记忆会不自觉地浮起。有人在微笑着叹息，为那些欲说还休、欲罢不能的故人往事。

云锦书突然听到李曼的死讯，而且听说她临终前吐露心声，说她对不起锦书，这一句沉重的道歉，迟来二十几年的道歉，以她的人生初恋为代价的道歉，让她一瞬间泣不成声。

锦书低头悲泣好一会儿才止住眼泪，从随身挎包里取出一盒纸巾，擦拭眼角。

萧山盟有心过去安慰她，又觉得两人处境微妙，不适合做出亲昵的举动，只好端坐在座位上不动，努力寻找话题，想转移她的注意力。

好在锦书逐渐平息情绪，自嘲地苦笑，说："年纪大了，内心反而越来越脆弱，眼泪说来就来，你心里是不是在偷着笑话我？"

萧山盟想逗她开心："看你现在梨花带雨的样子，谁敢相信这是一个做过法医、参加过援非医疗队的女强人？"

锦书马上反对说："我可不是女强人，从心理情绪到事业成就，没有哪方面可以归到女强人阵营里，我还是本本分分做个小市民的好，不，是小镇居民。"

萧山盟继续调侃她："你在非洲几年，怎么一点儿都没晒黑？就凭你这肤色，在辽阔的非洲大地上一定是最白的，当地有没有化妆品企业请你代言？"

锦书露出笑意："胡说八道，非洲还有白种人呢，我怎么能算得上最白的。我挺喜欢非洲的，更贴近自然，空气好，蓝天碧水，视野开阔，非洲人也都很热情。我才从肯尼亚回来，那里水草充足，大象、犀牛、猎豹随处可见。当地有许多游牧部落，豢养了大量牲畜，大家就根据个人拥有牲畜数量的多少来判断生活水平。"她忽然想起一件有趣的事情，禁不住"噗"地笑出声来。

萧山盟察言观色，猜到她想起了什么事，就有意逗她说出来："怎么？你是不是在肯尼亚有艳遇，受到非洲小白脸的热烈追求？"

锦书感到诧异："你经常能猜到我心里在想什么，这真是太奇怪了。"

萧山盟想说"心有灵犀"，却强行忍住了。

锦书这次匆忙回国，是因为受到一名肯尼亚青年的猛烈追求，严重干扰到她的日常工作，经世卫组织主管部门批准，她取消了后面三个月的工作计划，提前返乡。

追求她的肯尼亚男子是当地马赛部落的重要人物，据说在奥运会上获得过男子马拉松铜牌，四肢细长得不成比例，头皮锃亮，皮肤黑得像刚出煤窑的矿工。他家境富裕，追求锦书时一出手就是百来头牲畜，并承诺她两人结婚时，另有一千头牲畜做聘礼。这名男子"有钱有闲"，带着一批人天天到锦书的驻地骚扰，大家都不胜其烦。锦书又好气又好笑，却无可奈何，只好一走了之。

萧山盟笑着听完锦书的"肯尼亚奇遇记"，揶揄她："其实你不妨认真考虑非洲小白脸的追求，定居非洲，坐拥百顷良田，数千头牲畜，从此过上养尊处优的地主婆生活。"

锦书反击他说："你要是真心羡慕，我就介绍你过去，你到了肯尼亚就是名副其实的非洲小白脸。"又说，"马赛部落还实行一夫多妻制度呢，你安的什么心，把我往火坑里推。"

萧山盟趁着气氛轻松，就势抛出在心里憋了半天的问题："我哪有能力把你往火坑里推，你家里那位也不可能同意。"

锦书撇了撇嘴角，冷笑说："你不用兜圈子，直接提问就好。我离婚好几年了，没有孩子，不然怎么可能这样潇洒，说辞职就辞职，说去非洲就去非洲。”

萧山盟在询问她的家庭情况之前，心情忐忑不安，说不清自己在期待什么答案。如果锦书过得幸福，夫妻情深，家庭和睦，他理应为她感到高兴才对，她是独一无二、百年难遇的好女人，值得命运眷顾。何况，她曾被爱情摧毁过，在毫不设防的年纪，在最幸福的时光，从巅峰坠落，万箭穿心，粉身碎骨，命运有义务对她做出补偿。

可是，如果锦书的现状真的是这样，他会感到失落、失望，甚至伤心。在他的潜意识里，早已把这次重逢，当成两人重修旧好的天赐良机。

过去二十年里，萧山盟曾无数次反省自己，叩问内心，他对锦书的复杂感情，思念、爱慕、歉疚、眷恋、依赖、心疼，从未因时光流逝而淡去。

生活发生了巨大变化，城市的高楼大厦仿佛在一夜间从平地上竖立起来，不可抗拒的科技侵略无处不在，人们越来越喜欢快餐，从食物到爱情。他的鬓边已生白发，眼角也有了细密的皱纹，胡楂变硬，比年轻时更难刮干净。他有了一点儿微不足道的学术成就，有了一个芝麻粒大小的行政职务，别人见到他不再直呼大名，而是叫“萧院长”或“老萧”。他有一个天真可爱的儿子，一个身陷囹圄的前妻，他的母亲已患病去世，父亲已白发如银。二十年，沧海桑田。

而不变的，是锦书在他心目中的地位，第一，唯一，不可撼动，无可取代。夜深人静时，或者在校园里见到一对年轻情侣亲昵相拥时，他常常会想起她，锦书现在变成了什么模样？是一个挽髻的娴静的女人？一个干脆利落的职场女性？一个琐碎唠叨的主妇？或者和以前一样，美丽善良聪慧狡黠，一个眼神，一抹笑容，就能把他的心融化？

他设想过无数次和锦书重逢的情景，但即使最狂野的想象，也不如真实的生活更富有戏剧性。锦书现在就坐在他对面，在异国他乡的候机大厅里，活色生香，伸手可及，他却不敢再像从前那样温柔地揽她入怀。他不确定锦书对他的感觉是否一如既往。爱和恨都很难持久，二十几年，无论多么强烈的情感，如果缺少生长的根基，终究难免衰败枯萎。

锦书离婚了，孑然一身。这也许是他近些年听到的最好消息。这样想未免有点儿小人，心理阴暗，好像他在等着盼着锦书过得不幸福。所以他不能流露出一星半点的喜悦情绪，哪怕做戏，也要表现得难过、同情、惋惜，还要好言相劝，安慰并鼓励她，比如“不值得的人失去也不可惜，岁月正好，来日方长”，或者“让过去过去，让未来到来，张开双臂迎接新生活”之类。谁知道一开口，竟鬼使神差地冒出一句他自己都感到意外的话：“我也离婚了。”

锦书说：“哦。”

她的语气淡淡的，表情淡淡的，连眼皮都没抬，似乎事不关己，漠不关心。

萧山盟瞬间没了下文，千言万语都被咽回去，似乎自己表错情，心里惴惴不安，更没底气了，半晌才说："那你是为什么离婚的？"

锦书笑了："全世界最滥的理由，性格不合。"她手里把玩着咖啡杯，说，"我们的婚姻只持续了一年半。他在曲水镇一中教语文，喜欢舞文弄墨，是个老实本分的酸秀才。刚结婚时我俩感情还行，但是好景不长，婚后半年就出了意外状况。当时我决定调到县公安局做法医，遭到他强烈反对，却终究拗不过我，虽然勉强同意了，心里难免疙疙瘩瘩的，经常为这事和我拌嘴。我办案子早出晚归，有时凌晨两三点钟接到出现场的通知，也必须马上穿好衣服走人，连脸都顾不上擦一把。他的睡眠质量本来就差，我的作息时间又对他造成严重干扰，两人只好分房睡，夫妻感情也越来越淡。"

萧山盟叹息说："法医是一个艰苦行业，回报和付出不成正比，把法医当成事业理想的相当罕见，女人就更少，你算得上一个另类。"

锦书耸耸肩，说："人各有志。"又继续说她的离婚故事，"有一次警队从郊外抬回来一具腐尸，皮肉溃烂，腹部膨胀得像一面大鼓，完全辨认不出本来面目。"她斜睨着萧山盟，"你心理承受力还成？要是反胃的话我就打住不讲了。"

萧山盟说："你亲眼看见都不害怕，我听一听更没什么要紧的。”

锦书取笑他说：“好像挺勇敢的样子，可惜我前夫没有这种无所谓的态度。那时候大楚原地区的颅面复原技术还不完善，必须把头骨送到东北去做鉴定，以确认被害人身份。我在剥离死者头骨时，刚好我前夫到法医室去找我，猛然看见我捧着一个龇牙暴眼的死人脑袋，用小刀和镊子一点点地剥皮摘肉，吓得惊叫一声，两条腿发软，忘了来找我的目的，扶着墙落荒而逃。一个月后，我俩和平分手，还吃了一顿散伙饭，全素。他因为目睹那幕场景而导致心理阴影，不敢吃肉了，也不知道现在走出阴影没有。”锦书轻描淡写地娓娓道来，像是在讲述别人的故事。

萧山盟感喟不已。直到现在，他仍然不能理解锦书为什么对法医职业情有独钟。

她当年高考时填写的第一志愿就是公安大学的法医专业，却未能如愿，被调剂到景海医科大学。谁知命运阴差阳错，她毕业几年后，仍有机会实现最初的理想，这对情路多舛的锦书来说，未尝不是“收之桑榆”的意外之喜。

今天是2014年3月7号，萧山盟的幸运日。他在吉隆坡国际机场邂逅了念念不忘、前缘未了的初恋情人云锦书。更重要的是，他俩都已恢复单身。这带给萧山盟无限机遇，无穷遐想。他的心在胸膛里剧烈跳动，似乎比他第一次向锦书表白时跳得还要厉害，这种热血沸腾、勇往直前的感觉是久违了。他感谢神奇的命运之手，安排了这次戏剧性的重逢。二十年前，他无情地把锦书火热的心冰冻、结晶、打碎，今天，他还有机会把它拾起，一片片拼凑回原形，再把它重新焐热吗?

十

大三上学期，章百合“无意中”向李曼透露，锦书曾勾引高中校长以换取保送北大的名额，这让李曼既震惊又愤怒。章百合是锦书的高中同学，了解她的底细，而且从来不信口开河，说话很有信誉，不由得李曼不相信。但萧山盟却坚持认为这是子虚乌有的谣言，是别有用心的污蔑。这让李曼非常恼火，她打定主意要拿到证据，堵住萧山盟的嘴，这也是为他的人生负责。

于是，在那个残阳如血的黄昏，母子间进行了一次给彼此种下心结的对话。

萧山盟一进家门，就感觉气氛不对。萧逸因牵头一个重点建设项目的设计方案，这段时间每天都在单位忙到晚上九点以后才回家。宽敞却昏暗的客厅里，李曼伏案独坐，脸色阴沉如水。她做手势示意萧山盟坐下，然后把一张纸摔到他眼前，说："自己看吧。"

是一份复印件，标题非常刺眼：楚原市三中对云锦书的处理决定。正文措辞很含糊，说云锦书在争取高考保送名额时行为不当，给予记大过处分。落款是楚原市三中党委，以及一枚力透纸背的钢印。

萧山盟皱起眉头，不满地说："妈，这些黑材料你是从哪里弄来的？"

李曼指点着钢印，以示其权威性："这是夹在云锦书档案里的，白纸黑字，有校党委公章，证据确凿，人家百合可没有说谎。"

萧山盟把那张纸叠起来塞进裤子口袋，说："妈，我求你，把这事翻过去吧，别再揪着不放了。锦书是我女朋友，不是被审查对象，咱们不经允许就去翻看人家档案，已经理亏了，万一被锦书知道，她会多不开心。"

李曼等着萧山盟的反应，见他仍采取息事宁人的态度，消极对待，不禁火往上撞："你只想着她会多不开心，怎么就不想一想我有多不开心？查看她档案怎么就理亏了？至少她现在还是你女朋友，我们有权利也有义务去了解她过去的所作所为。她才多大年纪，就敢做出这种见不得光的丑事，为达目的不择手段，就凭她这人品，不配做咱家的媳妇。"

李曼的每一句话，都像鞭子一样抽打着萧山盟的神经，他的心抽搐般地疼痛。内心有个声音在反复告诫自己，不要爆发，不要大声说话，要想解决问题，必须保持理性，立场要强硬，态度要温和。他用力深呼吸，平抑情绪，才说："妈，我感谢您的一片苦心，是真心话，我再蠢再愚，也知道您这么做是为我好，为我的一生幸福在操心。您和锦书，在我的感情天平上是平等的。将心比心，在任何情况下，无论谁对您口出不敬，我都会非常反感，立即以我的方式进行反击。同理，我也不愿意看见锦书被人泼脏水……"

李曼打断他："这是事实，不是诬陷，她自己不干净，什么水泼上去也洗不白。"

萧山盟平心静气地说："是不是事实，我们当时都不在现场，没法做出准确判断。退一步讲，如果有人戴着有色眼镜，就算是亲眼所见，也未必就是真相。这件事，我不信章百合，不信档案，不信楚原三中的公章，只相信锦书一个人。如果她愿意跟我讲，终于有一天我会知道真相。如果她不愿意讲，我也决不追问，我坚信她是清白的。"稍做停顿，又补充说，"哪怕所有人都指证她，我也会站在全世界的对立面，绝不相信她做过这种事。"他想用决绝的态度，表达自己对锦书无条件的、毫不动摇的信任，让李曼受到感染，就此知难而退。

但李曼自以为占据道德高地，决不肯轻易撤退，又抛出一个"铁证"："你真是被爱情冲昏了头脑，已经丧失了最基本的判断是非的能力。你知道云锦书的高考分数是多少吗？604分！那年清华大学在楚原市的录取分数线是580分，北大的分数线是576分，凭她的分数可以上中国的任何一所高校，为什么最后被调剂到景海医科大学？就因为她的这个不光彩记录，她不配上好学校，这是写进档案的，要跟定她一辈子。”

萧山盟捕捉到她说话的漏洞，据理力争：“锦书既聪明又刻苦，所以成绩非常优秀。可是请您认真想想，她既然有这样强劲的实力，又何必多此一举，不惜冒着违纪违法的风险去争夺一个保送北大的名额呢？何况，她的第一志愿从来不是北大，公安大学才是。”

李曼嗤之以鼻：“你说的这些，都是她想让你知道的，你就能确定都是实情吗？你还太年轻，不懂得人性有多贪婪，人心有多狡诈。在高考成绩发布前，谁敢说自己有十足把握考上清华北大？如果在考试前有一个保送名额摆在眼前，只需做些正常渠道之外的努力，就能牢牢地抓在手里，而自己又恰好能找到这条‘非正常渠道’的入口，那么，一百个人里有九十九个会去做。不要为人性打包票，那太幼稚。云锦书有她的优点，聪明，漂亮，上进，会察言观色，嘴巴甜。可是，这些优点是双刃剑，既能成就一个人，也能毁灭一个人。孩子，你太单纯，太容易相信别人，未必有能力把握她。”

李曼固执己见，萧山盟知道自己无论如何也不能说服她，心里凉了，几近哀求地说：“妈，事情怎么会发展到今天这个地步？是因为章百合吗？您忘了起初您有多喜欢锦书。她那时候误以为我是聋哑人，仍然不顾一切地和我在一起，试问有几个女生能做到？仅凭这一点，就能断定她不是眼睛向上、唯利是图的人。从另一面来说，您那时误以为她是聋哑人，也没有激烈地反对，为什么今天您的态度就一百八十度大转弯了呢？妈，我认准了锦书，这辈子一定要和她在一起，求您忘了所有不愉快的事情，为我们祝福。您和她都是我最亲的人，你俩要是合不来，就像在我心口插刀子一样疼。”

李曼见儿子“越陷越深”，摆出一副大义凛然的姿态，似乎为了云锦书甘愿赴汤蹈火，如果自己再说下去，恐怕两人就要爆发剧烈争吵，不仅无济于事，还要伤害母子感情。她无助地闭上眼睛，心乱如麻，两边太阳穴的血管剧烈跳动，头痛得像要裂开一样。

萧山盟关切地问：“妈，你怎么了？”

李曼摆摆手，说：“我没事，头有点疼，静一静就好了。你已经长大了，有主见，有独立的人生观，我再怎样关心，以后的生活道路还要你自己走。锦书的事就这么算了，以后我也不再提。人的一生，有些挫折是不可避免的，许多事要摔过跤后，痛了，自然就会明白。”

李曼终究不甘心，最后两句话还在影射锦书，暗示萧山盟以后一定会吃她的亏。

萧山盟装作没听见，只要李曼别揪着锦书的事不放，让她多说几句不算什么。他立刻献殷勤说：“妈，您歇着，喝口水，看看电视，晚上想吃什么，我来做。”

这时李曼手边的电话响了，接起来，章百合的声音在另一端响起，像百灵鸟一样动听：“妈，我在楼下，还没吃晚饭吧？太好了，我下午去南市场的新华书店，顺路在‘满堂春’买了几屉您最爱吃的蟹粉小笼包，现在还热乎呢，这就给您送上来。”

李曼似乎忘了刚才的不快，眉开眼笑地说：“这孩子，自己还跟父母伸手要钱呢，食堂伙食又差，却惦记着给我买吃的。”又感叹说，“到底是女孩贴心，快上来吧，我叫萧山盟到楼门口接你。”

萧山盟隐约听见电话听筒里传出来的两人对话，诧异地问：“百合怎么管你叫妈？”

李曼认真地说：“忘告诉你了，我昨天认百合当干女儿了。哪天摆个酒席，知会亲朋好友，往后，她就跟我亲女儿一样。”

萧山盟后来找借口拒绝了章百合的聘请，没有出任文艺会演的手语教练。章百合似乎有一副难得的好脾气，表示惋惜之余，并没有对萧山盟产生丝毫不满情绪。她从市聋哑学校请到了教练。抱着虚心学习的态度，她先后几次登门向萧山盟请教排练中遇到的问题。节目成型以后，又邀请萧山盟到现场观看，请他指出节目的不足之处。

章百合的才华在文艺会演中得到充分发挥。她集创意和导演于一身，奉献了一台既具有观赏性又感人至深的手语节目，赢得雷鸣般的掌声，以高分获得景海大学文艺会演一等奖。这是她作为系学生会文艺部长最光彩夺目的一天。

她登台领奖时，特意提到萧山盟的名字，感谢他对节目的全程关注和无私帮助。

李曼和萧逸都到场观看了文艺会演。百合在镁光灯下接过奖杯时，李曼的眼睛里泛起泪光，内心深处有一种母亲的骄傲在膨胀和蔓延，仿佛台上站着的，是她长大成人的亲生女儿。

李曼兑现承诺，摆了一桌酒席，正式确认百合的干女儿身份。邀请的客人不多，除了亲戚，就是几个过从甚密的至交好友。百合的父母没有出席，却通过快递送来鲜花。百合的父亲是个文人，特意撰写一篇骈四俪六的贺词，说李曼和百合虽无血脉关系，却情胜母女，堪称人间佳话，他和百合母亲万分感谢李曼一家对百合的悉心照料，以后两家交好，血浓于水，情谊绵长。贺文虽稍嫌卖弄，但功底确实了得，洋洋数千言，文采斐然，为宴席增色不少。

锦书也在被邀请之列。她坐在萧山盟身旁，安静地看着百合像蝴蝶般在席间穿梭，笑颜如鲜花般绽放，亲昵地称呼李曼“妈妈”，喊萧逸“爸爸”，率性自然，没有丝毫违和感。

有一瞬间，锦书感觉眼前的一切很不真实，像在做戏。恍惚中，所有人都笼罩在轻烟薄幕里，忽远忽近，若即若离，看不清真实模样。人间真情只有一种面目，假意却有千万种伪装，谁人有足够的智慧分辨？

她下意识地拽住萧山盟的袖子，贴近他的肩膀。那是一副虽然年轻却有担当、虽不壮硕却有力量的臂膀，让她心里坦然了许多。

百合似乎没留意他俩，又似乎若有意若无意地往这边瞟了一眼。她自始至终都在笑着，但笑容中有一种说不清道不明的阴冷，让锦书不寒而栗。

十　一

又是一年寒假。

萧山盟到火车站去送锦书回家。锦书紧紧拉着他的手，好像生怕他走丢了似的。萧山盟能感觉到那只小手上传来的力量、热度和依依不舍。车站的广播催了第二遍，她还不肯放手，橡皮糖似的黏着他，扬起冻得通红的脸，说："你过些日子去楚原看我吧，不然我怕我会想死你。"

萧山盟说："好啊，景海到楚原只有七个小时车程，我却还从没去过。我这学期省下来三百多块的生活费，够我去楚原的车票和食宿费了。"

锦书故意大惊小怪地说："不小心暴露家底了吧，原来你这么有钱。那我们就一言为定，你要是敢爽约，看我回来怎么收拾你。”

两人各伸出一只小拇指，狠狠地拉钩，好像越使劲，诺言越有效力。

火车头冒出黑烟，带着震耳欲聋的轰鸣声远去。萧山盟目送着巨龙般的火车越走越远，渐渐变成一个模模糊糊的黑点，终于消失于天际线，他心中怅然若失。

寒假过去两个星期，锦书感觉就像过了两年那样漫长。

这个冬天特别冷，史无前例地冷。每天都刮西北风，吹到脸上像刀割似的疼，感觉楚原不像江南，却似景海那样的北方城市了。太阳倒一如既往的明亮，没有了树叶的遮挡，甚至有些刺眼，却起不到什么作用。阳光洒在身上，是冷的。整座城市，整个楚原，是一个巨大的冰窖，每个行人都裹得像粽子一样严实，拼命想把脑袋缩进脖腔里，鼻尖通红，耳朵通红。锦书出门时总戴着一顶红色的毛线帽子，否则，脑门儿在冷空气中暴露十分钟以上，就会冷得像要裂开一样。她的皮肤白净，冻过以后双颊粉嫩，衬着帽子的鲜红色，格外俏丽，楚楚动人。

奇怪的是，入冬以来，一场雪也没下过，干冷，让人心烦意乱的单调的冷。

“日子被冻住了，过得这样慢。”锦书天天在数日历，边数边抱怨。

她仍然每天写信。可是读信和写信并不能缓解思念，反而使想见面的渴望更加迫切。她想听见他的声音，看见他的笑容，触摸他的体温，感受他的怀抱。她想发明一种神奇的恋爱机器，让天涯变咫尺，让爱人们不被时间和空间阻隔。

“你什么时候来呀？”锦书熬不住，给萧山盟打电话。

“正要通知你呢，我把行李都打包好了，一会儿就去买火车票，明天过去看你。”萧山盟好像特意守在电话机旁等她一样，电话铃才响了一声，就立即拿起。他说话速度虽然不紧不慢的，但锦书听得出他语气里迫不及待的意味。

“好吧，”锦书对他的表现还算满意，“不过我现在曲水呢，你直接来曲水吧。”

萧山盟迸出一串疑问：“没几天就过年了，你怎么会在曲水？小镇上旅馆好不好找？我过去后有多大机会沦落街头？”

锦书揶揄他：“真是谨慎人，还没过来就先给自己找窝。曲水人民热情着呢，不会让你睡大马路的。你来了就住在七婶家，她家有两间房，我和七婶睡一间，你自己睡一间。”

萧山盟继续提问：“七婶是谁？”

锦书说：“是我干妈，我来曲水就是为了陪她。不要再问问题了，电话里一时半会儿也讲不清楚，你过来后我一五一十地跟你讲。”

火车在夕阳晚照中驶进曲水车站，萧山盟还没下车，就从接站人群中准确定位到锦书的红帽子。

锦书在站台上等了半个多小时，从里到外都冻透了。她双颊红彤彤的，鼻孔和嘴巴呼出的气息都凝结成水雾，毛线围巾靠近嘴巴的位置结了一层白霜。她的目光急切地在几个车门之间逡巡。

萧山盟悄悄靠近她，突然从后面把她拦腰抱住。锦书出其不意，惊叫一声，随后转过身面向他，紧紧搂住他的脖子，肆无忌惮地放声大笑，头顶枯树枝上的几只鸟儿受到惊扰，扑棱棱地飞起来。

斜阳的余晖洒在大地上，染成橘黄色的曲水古镇，安宁而美好。

七婶已经做好了四个菜——葱爆羊肉、清蒸鲈鱼、三杯鸡、清炒芥梗，一瓶楚原地产米酒，一小盆炸酱面，整整齐齐地摆在一张新买的棕色亮面餐桌上。菜不多，但相当精致，看得出七婶花了不少心思，她是把萧山盟当成初次上门的女婿来招待的。

七婶心里存着担忧，怕她和萧山盟没法直接沟通，虽然有锦书充当翻译，毕竟隔着一层，“说起话来”不那么顺畅。而且有她这个聋哑老娘，不知道会不会给锦书减分。

和萧山盟见面后，见他高挑挺拔，温文儒雅，七婶先从心眼里喜欢起来。更没料到他用娴熟的手语向她嘘寒问暖，甚至比她的手语还要标准规范，七婶喜出望外，握住萧山盟的手，热热乎乎地拉起家常，倒把锦书晾在一边。

直到锦书第二次打手语抗议，七婶才得出空来搭理她，却又责怪她事先不通气，原来萧山盟的手语这样好，害得她白担心一回。

锦书得意地回她，不事先告诉她的目的就是要带给她惊喜，萧山盟是手语教练，如果较起真来，七婶还要做他的学生，这是一份花钱也买不来的大礼，以后七婶又多了一个可以说说贴心话的人。

七婶忽然想起潜逃在外的黑毛，心头泛起一阵酸楚，抬起袖口擦擦眼角。黑毛虽然作恶多端，却是个孝顺孩子，可他从不肯下苦功夫学习手语，以前在家的时候，七婶时不时地被他干的坏事气得半死，可是打他打不到，骂他他又“听”不懂，每次都以七婶独自饮泣而收场。也许是上天开眼，可怜她大半生六亲不靠、命运孤苦，晚年时给她送来锦书和萧山盟，两个孩子都知冷知热，乖巧懂事，虽然一年里陪伴她的日子有限，却也让她有个盼头，可以告慰孤单的晚景岁月。

萧山盟在半路上听锦书介绍了一些七婶的情况，这时见到她孤身一人，又聋又哑，生活条件窘迫，心里非常同情。而且她是锦书的干妈，更让他有亲近感，所以“说话”时也不见外，刻意哄她高兴。七婶乐得合不拢嘴，直说很多年没这么开心过了。锦书就故做吃醋状，说七婶偏心。

吃饭时，萧山盟一个劲地夸七婶的厨艺了得，他坐了几个小时火车，也真饿了，连扒两碗饭，菜也吃了不少。七婶“说”她做的都是家常菜，锦书的厨艺才真是好，烹饪这件事看上去简单，要做好却不容易，锦书的手艺像是从胎里带来的，普普通通一道菜，经过她的手，就好吃得不行。萧山盟以为她有意夸张，半信半疑地看看锦书，“说”从没吃过锦书煮的菜。

锦书读懂他眼神里的怀疑，委屈地撇一撇嘴角，“说”学校里没锅没灶，没米没盐，她是巧妇难为无米之炊。她原本想承揽这顿晚饭给萧山盟接风，可是七婶非要争抢这个“荣耀”，她拗不过，只好退让。

七婶“大度”地建议她索性承包明天的早中晚三餐。锦书遗憾地表示，明天日程已经排满，上午观赏流觞亭，下午攀登苍莽山，都是萧山盟期待已久的行程，满打满算只能在家吃一顿早餐。不过她已经想好早餐的伙食，一锅红豆粥，配羊肉野葱馅包子，外加一碗木耳洋葱鸡蛋卤的豆腐脑儿，吃饱后暖暖和和地开拔。

萧山盟听得入神，“说”这餐还没吃完，已经在期待下一餐了，忍不住又夹起一片羊肉放进嘴里。七婶忍俊不禁，直“说”萧山盟率真可爱。

七婶劝他多喝几口米酒，“说”这是大楚原地区的特产，活血养胃，不伤人的。锦书掩着嘴偷笑，揭他老底，“说”他的酒量惊人，不喝刚刚好，一杯酒下肚，脸红得像落汤虾子，两杯酒下肚，就不知道东南西北了。

七婶“听”不过去，“骂”她促狭，口没遮拦，又见萧山盟笑嘻嘻的，并没往心里去，才摇头“说”他没口福，楚原米酒已流传上千年，远近驰名，楚原儿女从十几岁起就开始喝米酒，所以每个人都筋骨强壮，不染风寒。

萧山盟恍然大悟，“说”他终于明白为什么锦书的酒量那样好，而且不喝啤酒和红酒，只喝白酒，原来根子在这里。

不知怎么，他忽然想起他俩和章百合在蓝房子餐厅喝酒的场景，对章百合当时意味深长的话又多了一层理解，心里“咯噔”一下，蛮不是滋味。

趁着热乎劲儿，锦书牵着话头儿，让七婶把血玉送给萧山盟当见面礼。萧山盟不明白她的意思，也不知道血玉是什么，忙“说”不要七婶的东西，他是作小辈的，孝敬才是本分，不能贪图长辈的财物，否则心里过意不去。

七婶琢磨一会儿，“说”萧山盟第一次登门，按理应该有一份见面礼，她也没什么拿得出手的东西，这块血玉原本是给大军媳妇留着的，现在大军不知道猴年马月才能回来，娶媳妇的事更是连影子都摸不着。锦书是她的亲闺女，萧山盟是她的半个儿子，把血玉给他是物得其所。说着话，拉开五斗橱上一个上锁的抽屉，翻出一个油布包，小心打开，取出一块殷红如血的玉坠，放到萧山盟手心里。

萧山盟听她说得郑重，就恭恭敬敬地接过血玉，端详两眼，不过是一块圆环形玉坠，青白底色，缀以一条条红色的纹理，像失眠者布满血丝的白眼球，玉坠背面刻着两团花纹，好像是梅花篆字，但一个字也不认得。

他对玉石没有概念，不知道这东西是否贵重，但既然七婶珍而重之地把它保存在柜子里，对她来说一定价值不菲，自己和她第一次见面，又没有礼物作为交换，没有道理接受这份沉甸甸的心意。他才想推辞，忽然瞥见锦书向他悄悄使眼色，鼓励他收下。他心里纳闷儿，不知道锦书怎么突然贪图起别人的东西来，她既然坚持，自己也不好违背她的意愿，而且七婶执意要给，他就犹豫着收起来，心里却七上八下地不踏实。

七婶外表敦厚，心里清楚，看明白萧山盟的矛盾心情，宽慰他"说"，七婶家里一贫如洗，小偷都不愿意登门，只有这块血玉还勉强拿得出手，其实也不是什么要紧或值钱的东西，尽管放宽心收下，千万不要多想。

萧山盟把血玉贴身收好，打定主意，回头找个行家鉴定，万一血玉真是贵重东西，或者还给七婶，或者用等价的东西给她补上，自己无论如何不能占她的便宜。

吃过晚饭，又拾掇利索，已经是晚上八点多钟，夜色如同厚重的黑缎子一样沉沉地压下来，不漏进一些光亮。七婶到外面去锁院门，回屋来把冰冷的双手凑在嘴边哈一哈，"说"天上没星没月，气温阴寒彻骨，怕明天天气恶劣，最好就在镇子里转转，别往远走。

锦书和萧山盟对第二天的"曲水流觞之旅"已经足足期待了一年有余，心头像长了草一样，根本听不进七婶的劝说，嘴上敷衍着，脑海里却在勾画着冬日阳光下的流觞亭，浪漫、古老而孤独，是怎样让人心醉的美法。

第二天锦书早早就爬起来，悄没声地在厨房里弄早餐。萧山盟梦见自己正饥肠辘辘，恍惚中走进一个硕大无朋的厨房，几十名头戴白色厨帽的专业厨师正专心致志地低头忙碌着，没有人留意他。案子上整齐地码着花样繁多的珍馐美味，让人馋涎欲滴，浓烈的香味汹涌袭来，好像一根羽毛在搔弄他的鼻腔。萧山盟倏地醒过来，睁开眼睛，堆积如山的美食不见了，眼前是七婶家空旷的四壁，但沁人心脾的香味还在，而且越来越浓烈，似乎有形有质，围绕着他盘旋往复，经久不散。

他穿好衣服，循着香味走过去，见厨房里热气腾腾，锦书俯身在灶台前，齐胸系一条碎花围裙，挽着高高的发髻，两颊粉红，额头沁出细密的汗珠，两手油渍麻花，像极了一个对厨房寄予无限热情的小主妇。

灶台旁的案板上，摆着才出蒸锅的一摞五屉羊肉野葱馅包子，热气伴香味齐飞，包子共蒸笼一色，正是把萧山盟从梦中唤醒的景象。

锦书发觉萧山盟悄没声地站在她身旁，马上绽放出笑容，眼角眉梢，都是化不开的柔情蜜意：“醒的正是时候，包子才出锅，红豆粥再滚两滚就好了，豆腐脑儿的卤子在火上熬着，要等到上桌前再浇上去。七婶刚才非要帮忙，被我撵回屋里歇着去了，今天就让你尝尝我的手艺。这几样都是景海的家常饭菜，楚原人平时不怎么吃的，我有样学样，你来做评委，评价一下是否地道。”

萧山盟挤眉弄眼地做出一个古怪表情，说：“不用尝，光闻味道就知道，比土生土长的景海媳妇做的还要正宗。”

锦书被他说破心思，又羞又恼，脸涨得通红，转过头去不理他。

萧山盟察觉到自己有点儿得意忘形，话里暗含着锦书有意讨好自己和急于嫁到景海的意思，一时不知道该怎么圆场，恐怕越描越黑，只好装作有口无心，夸张地搓着手说：“迫不及待了，我去拿碗筷，然后焚香、刷牙、洁面、净手，坐等大快朵颐。”

锦书斜眼偷看他故意做作地捧着碗筷一颠一颠地走，撇撇嘴角，心里幸福充盈，轻飘飘地要飞起来。

吃饭时萧山盟赞不绝口，把几样家常饭菜吹捧得像宫廷御膳一样。锦书知道他言过其实，用手语揶揄他：“以前怎么没发现你这样虚伪。”七婶帮萧山盟的腔，“说”越普通的食材越见真功夫，他的赞美都是有感而发，并不过分。锦书不依不饶地“说”七婶偏心，这么快就和他站到同一条战线去了。

那天萧山盟吃了他有生以来最饱足的一顿早餐，共消灭七个羊肉野葱馅包子，一大碗黏稠甜糯的红豆粥，一小碗鲜香热辣的豆腐脑儿。最后连七婶都咂舌“说”，别看他身材瘦削，饭量却很可观。锦书取笑他是个饭桶，七婶怕萧山盟尴尬，赶快给他俩扯平，“说”锦书是酒缸，两人是天造地设的一双。锦书笑人反被笑，一头扎进七婶怀里撒娇起腻。

吃过饭两人就要背包上路，七婶不放心，把他们一直送上汽车，开车前还指着西边“说”天空有几片鱼鳞云，怕是风暴到来的前奏，如果半路看到天气有变化，不要贪玩，马上回家。两人正心情兴奋，嫌七婶啰唆，用手语敷衍着，压根儿没有听进去。

流觞亭就在曲水镇东郊，乘车十几分钟就到了。远远看过去，一座秀美的亭子矗立在曲水湖之滨，烟波浩渺，若实若虚，有人间仙境的既视感。锦书隔着结满霜花的车窗遥望流觞亭，想起萧山盟初次向她表白的场景，那时两人都以为对方是聋哑人，全用手语沟通，萧山盟的表白急切却有条理，而且事先没有打草稿，是一篇可圈可点的即兴作品。这样想着，感觉又好笑又甜蜜，目光温柔莹润，脸上漾起笑容。

萧山盟看到她的表情，就猜中她的心思，只想逗她开心，半真半假地用手语复述当天的表白：“曲水流觞，于千杯万杯中，取一杯一饮而尽，一次饮尽一生，无论润嗓，还是割喉，都没有一丝犹豫，因为这是命中注定的缘分。”

锦书用手语回应：“你的酒量浅，注意要浅斟慢饮，千万不能一饮而尽，否则一杯就会醉得人事不省。”边“说”边乐不可支。

坐在附近的乘客见他们用手语聊得不亦乐乎，都好奇地行起注目礼。

萧山盟被她戳到痛处，浪漫表白遭遇软钉子，只好尴尬地自我解嘲：“所谓一饮而尽只是打比方而已，我喝酒不行，可喝起爱情的酒，却是海量，你未必是我的对手。”

锦书听他吹牛，笑得肚子疼。

说笑着下了车。近看流觞亭，更有韵味。因年久失修，六根合抱粗的枣红色柱子斑斑驳驳，许多地方油漆脱落，露出原木的底色。柱子上布满游人的刻字，或“×××到此一游”的旅游纪念；或“××爱××，海枯石烂永不变”的爱情宣言；或狂草题字曰“流觞亭”，字体豪放不羁，远迈张旭，敢笑王羲之。

锦书不由得想起刻在景海大学课桌上的那些小诗，不禁莞尔。

流觞亭顶铺满金黄色的琉璃瓦，此时旭日朗照，阳光洒在瓦面上，富丽堂皇，耀眼生辉。亭子地面用厚重平坦的青石铺就，不知历经几朝几代，几十万人曾在上面踩踏过，青石表面光滑如镜，好像能照出人影来。

流觞亭极宽大，即使四五十人同时站进来，也不会感觉挤迫。亭子正中有一张长条石桌，两侧各有三把石凳，石桌上刻着一张围棋盘，看上去也有了些年纪，线条已模糊不清。亭子另一侧有一个四方形平台，仅高出水面十几厘米，看样子湖里水花稍大些，就会漫到台上去。

这个平台就是向湖里放置酒杯的地方。流觞亭位于曲水上游，杯子放到水面上，顺流缓缓而下。曲水流觞的习俗起源于夏历三月，人们“洗濯祓除，去宿垢疢”，穿新袍戴新冠，端坐于湖水两岸。彼时，成百上千盏花灯照耀着湖面，波光粼粼，金蛇狂舞，伴随着丝竹管弦的悠扬曲调，文人墨客的朗声吟诵及歌舞伎的曼妙舞蹈，虽然不比现代社会的霓虹五彩、纸醉金迷，但闲逸风流的格调却远远胜出。

待酒杯漂到面前，便有人伸手拾起，凑到唇边饮酒。水流有急有缓，有高低曲折，那酒杯的去向无法预料，有人一杯接一杯地痛饮，酩酊大醉，有人却半晌也拾不到一杯，眼睁睁地看着别人精彩，自己寡淡无味，不过是“缘分”和“定数”而已。

萧山盟和锦书并肩站在流觞台上，眼看湖水仍在缓缓流动，天空倒映在湖心，湛蓝纯净，让人神清气爽，见之忘忧。萧山盟高举双手，呼吸着曲水湖上清冷新鲜的空气，身心舒展，十分惬意地说：“终于亲眼见到原始风貌的曲水湖和流觞亭了，锦书，你推荐的这个地方真好。”

那个年代人们赚钱的意识和欲望还处于启蒙状态，曲水流觞亭尚未开发，萧山盟见到的是它最朴素的真面目。十几年后，他故地重游时，流觞亭已经被一圈圈地围起来，要买价格不菲的通票才能进去参观。景点里游人摩肩接踵，小商贩的吆喝声此起彼伏，流觞亭也已经扩建和修缮过，雕梁画壁，镶金嵌玉，比从前更加富贵华丽，而且有十几名身穿宽袍大袖、手持折扇的“文人骚客”不停往水中放置酒杯，游客只需花费“银两”，就可以从湖面拾起酒杯畅饮，效仿古人风范。但这样的锦绣繁华，在萧山盟眼里，无非附庸风雅的市井味道，当年和锦书一起到过的流觞亭，那敝旧寂寞、遗世独立的气质，已仅存于记忆深处，任何复制或模仿它的努力，都无力而可笑。

萧山盟站在流觞台上，感受湖水和岁月的静美，忽然想起一件事，说："现在是三九天，一年里最冷的时候，曲水镇虽然地处江南，这几天的气温也都在零度以下，怎么湖水一点也没有结冰？在景海，这时节连护城河都冻透了，河面的冰有三尺多厚，一直到明年春天才开化。"

锦书说："曲水湖从不结冰。楚原和景海的气候差异很大，一个温暖湿润，一个干燥寒冷。景海冬天的最低气温有零下二十几摄氏度，河水结冰三尺厚并不稀奇。在我记忆里，大楚原地区今年最冷，但是也不过零下五六摄氏度而已。南方空气潮湿，风吹在身上冷得透彻，所以体感温度和北方差不多，其实两个地方差着十几二十摄氏度呢。"

萧山盟从随身挎包里翻出一张白纸，几下就折成一只精致的小船，俯身放进水里，说："没有酒杯，就放一只纸船代替，让我们的缘分，和曲水一样悠长，日日夜夜奔流不息，千百年也不会枯竭。"

锦书从后面抱住萧山盟的腰，脸贴在他后背上，感受他的力量和体温，聆听他强劲的心跳。过去一年多的浪漫日子都涌现到眼前来，幸福感从四面八方袭来，紧紧包围着她，渗透进她的四肢百骸。她的心像水一样柔软，像满月一样充盈，多想时光在那一刻定格，让生活中的烦恼、眼泪、嫉妒、悲伤，所有虐心的坏情绪，都不再来纠缠她。皇天后土，宇宙洪荒，见证她和他的爱情，美丽，纯洁，永恒。

纸船在水面载沉载浮，好几次险些歪倒，却又踉踉跄跄地站直，在湖面上随波逐流，终于在视野里消失无踪。

两人中午在一家小饭店买了两碗米粉，都加了一大勺油辣子，红乎乎油汪汪的，热气腾腾。一口气吃完，驱尽了身上寒气，说不出的舒坦。

萧山盟征求锦书的意见："累吗？累的话咱们就打道回府，改天再去苍莽山。"

锦书逞强说："不累，这点儿路算什么呀，游曲水湖就当是登山前的热身。你难得来一次曲水，过两天就要回去，必须充分利用每一分钟，让你不虚此行。"

两人乘车来到苍莽山脚下。萧山盟在这之前爬过的最高峰就是景海市远郊的菩提岭，六七百米，有人工修建的石阶，半山腰有缓步台和兜售零食、汽水的小商贩，爬山的过程心情舒畅，并不感觉劳累。而攀登苍莽山却是完全不同的体验，这是一座未经开发的野山，人迹罕至。

苍莽山海拔两千七百八十八米，属丹霞地貌，因岩石中含有火山碎屑岩和红色碳酸盐岩，地表呈火红色，尤其在日落时分，赤壁与晚霞相互辉映，展目望去，漫山遍野像着了火一样艳红，惊心动魄。苍莽山上怪石嶙峋，石林呈针状、棒状、城堡状、怪兽状，掩映在郁郁葱葱的丛林中，阴森而怪异。因地气和暖，山上的植物种类繁多，枝叶茂盛，走兽、爬虫和昆虫遍布在山林间。虽然当地没有猛兽伤人的记载，但是谁也不敢保证深山密林中没有隐藏着虎豹豺狼。

两人在山脚下往上仰望，见山体覆盖在植被下面，绿叶遮挡视线，只能看出去几米远。仅有一条陡峭的羊肠小道通上山去，那是狩猎人和探险者硬生生踩出来的。

锦书把冻得冰凉的手凑到嘴边呵一呵，说："没带登山工具，哪怕带两根登山杖也好，可以省点力气，还能协助身体保持平衡。"

萧山盟故意逗她："怕了？现在回去还来得及。"

锦书撇一撇嘴角说："我才不怕呢，是担心你这小身板撑不下来。"

萧山盟不和她斗嘴，说："不怕就好。"四下里搜寻一番，挑选出两根婴儿手臂般粗细的直树枝，都折成一米来长，在手里掂一掂，比商店里买来的登山杖更称手。他和锦书一人撑一根树枝，沿着羊肠小道向上攀爬。

那条路又狭窄又陡峭，而且铺满沙砾和碎石，每一步都要踩结实了才敢抬脚。走了不到一个小时，锦书的呼吸渐渐沉重，脚步也迟缓下来。这时候回头向下望去，繁茂的枝叶挡住视线，已经看不到山脚。

萧山盟知道锦书要强，走累了也硬撑着不说，于是主动示弱，替她找台阶："想不到山路这么难走，我昨天乘火车过来，大部分时间都站着，今天又走了大半天，两条腿的肌肉酸疼。现在天黑得早，咱们再走几分钟就往回返吧，苍莽山的景色也算已经欣赏过了。”

锦书虽然心里赞同早点儿回去，却又恋恋不舍：“这么就回去了？你难得来一次，怎么也得登上半山腰。听人说苍莽山半山腰有个好大的平台，站在那里不仅可以欣赏丹霞地貌，还可以饱览楚原市风光。”

萧山盟笑一笑：“以后的日子长着呢，留点余地比把事情做满更值得回味。再往前走几步，咱们就打道回府。”

这时登山者踩出来的羊肠小道已经消失不见，前面的道路上覆盖着落叶和红土，树木更加茂盛，许多伸展的枝杈纠结在一起，必须绕道或者用登山杖拨开才能前行，步履越来越艰难。

萧山盟收住脚步，说：“回去吧，我走累了。”锦书心里明白他是为她着想，就顺着他的意思说：“好吧，我也走得腿酸了，咱们沿着原路返回。”

下山的路比上山还要难走。山坡异常陡峭，身体向前倾斜着，一不小心就可能栽倒或滚下山坡。这时那两根用树枝折成的简易登山杖就派上了大用场，他们一手撑着登山杖紧紧抵住地面，一手扶着身边的树干，以此保持平衡，小心翼翼地一步步往山下蹭。

才下午两点多钟，天色忽然黑下来，几分钟前还湛蓝的天空转眼间就被又厚又重的乌云所覆盖。那乌云来得迅猛而诡异，好像掌管天象的神仙刚才还有阳光灿烂的好心情，却毫无征兆地翻了脸，用墨笔随手涂抹，便抹出大片大片的乌云，低沉地压在半空，酝酿着一场凛冽的暴风雪。

锦书的心猛地抽紧了，前所未有的恐惧感袭上心头。她在楚原出生成长，二十来年里从未见过这样乌云压顶的骇人天象。楚原的气候一向是温和宜人的，即使在数九寒冬，吹在脸上的风也是微冷的，让人耳目清凉，偶尔有轻雪飘落，也沾地即化，落在嘴唇上，凉凉甜甜的，舒适写意。可今年，那位秉性温和的神仙忽然转了性子，脾气变得暴躁起来，楚原地区的天气冷得刺骨，西北风从早到晚地刮，虽然没下过雪，但天空时不时就黑了脸子。

如果这时候大雪阻断道路，她和萧山盟能否顺利下山，还要画个问号，这趟浪漫的“苍莽山之旅”变成“苍莽山历险记”，她不能圆满地一尽地主之谊，难免对萧山盟充满歉意——锦书虽然忧心忡忡，却仍对即将到来的危险估计不足，没预料到他俩正面临着一场极端的生死考验。

雪花绵绵密密地落下来。雪片大如鹅毛，瞬间就遮蔽了从枝叶缝隙间漏出来的几缕残存光线，天地一片惨淡。北风呼啸而来，凄厉的吼叫声惊心动魄。两人猝不及防，像在暗夜里行走，却被人一把夺走照明灯，突然失去方向，下意识地同时松开扶着的树干，两只手握在一起。

锦书没了主意：“怎么办？继续往山下走，还是在这里等风雪过去？”

萧山盟说：“看样子这大风雪一时半会儿停不下来，在这里等着不是办法，万一被雪困在山上，后果不堪设想。咱们还是趁现在找路下山。好在我们走得不太远，加倍小心，不用一个小时也蹭到山脚了。”

话音没落，一阵狂风席卷着雪花劈头盖脸地打来，锦书感觉右眼刺痛，好像有一粒沙子钻进眼睛，她下意识地抬手去揉，脚底却踩落一枚拳头大的石块，噼里啪啦地滚下山坡，她发出一声惊呼，身体失去平衡，趔趔趄趄地倒下去。萧山盟反应迅速，一只手扯住她的袖子，另一只手丢掉登山杖，拽住离他最近的一根树枝，想借助树枝的力量，把锦书拽回来。

没想到这棵树枯萎已久，枝杈虽然粗大，却又干又脆，无力承受两个人的重量，萧山盟的手才搭上去，树枝就咔的一声断裂，两人拉着手滚倒在地上。在栽倒的瞬间，萧山盟紧紧搂住锦书，把她的头抱到胸前——他想锦书的身上裹着好几层衣服，只要把头和脸保护好，受伤就不会太严重。

因山坡陡峭，两人完全无法控制去势，只能听天由命地顺势滚下去。虽然外衣很厚，但是地面遍布大小不一的石块，有的还很尖利，硌得骨头生疼。枯树枝刮在脸上，火辣辣的，不知划出多少条血道子。萧山盟感觉自己的身体在急速下坠，心也在急速下坠，不敢想象会滚到哪里去，会不会遍体鳞伤。

其实滚落的时间并不长，也许不超过一分钟，可两人感觉像过了一个世纪一样，终于停下来的时候，有种劫后余生的侥幸感。

是撞到一棵参天巨树的树干上才停下来的。萧山盟的屁股先撞上去，算是不幸中的万幸吧，如果是头部先撞上去，以当时的滚动速度和巨大的撞击力计算，幸存的概率无限接近于零。即使是腰部或肋部撞到树干上，也免不了断几根骨头。屁股上的肉厚，起到了海绵垫子似的缓冲作用，再加上萧山盟穿着秋裤和厚毛裤——感谢李曼的拳拳慈母心，亲手给他织的这条毛裤绝没有偷工减料，用了两斤上好的羊毛线，织得紧致密实，在紧急关头挽救了萧山盟的屁股。即使这样，萧山盟撞到树干后猛然停下来，像被一柄大锤狠狠一击，剧痛入骨，浑身上下像散了架一样难受。

锦书被他紧紧搂着，头脸藏在他的厚而蓬松的羽绒服里，对滚落过程缺少直接感受，所以并没有感到怎么害怕。虽然身上同样硌得生疼，为了不让萧山盟担心，拼命咬牙忍着，不哼出声。

两人的翻滚像急刹车似的戛然而止，锦书从萧山盟怀抱里抬起头来，见他清秀的脸上布满划痕，从额头到两颊，有七八条长短不一的血道子，虽然入肉不深，但伤口处在缓缓渗出血珠，看上去让人心惊肉跳。所幸他坠落前把羽绒服的帽子扣在头上，耳朵和脖子得以幸免。

锦书看见萧山盟的模样，心里一酸，几串眼泪扑簌簌地滚下来。她个性刚强，平时很少落泪，现在突如其来地泪水决堤。萧山盟立刻慌了手脚，安慰她说：“不要紧，别哭。”又说，“我的脸是不是很吓人？”想抬起手到脸上摸一摸，才发觉胳膊像骨折一样钻心地疼，而且不大听使唤。

这时风雪一阵紧过一阵，在耳边呼啸，像野兽嘶吼的声音，天地之间灰蒙蒙的，极目远眺，也仅看出几米远而已。这样恶劣的天气，在大楚原地区极为罕见。锦书直到现在才意识到没听从七婶的劝告，执意带萧山盟来攀登苍莽山，是多么要命的错误。

她必须尽量弥补这个错误，把伤害减到最小。她拭去眼泪，强迫自己平复情绪，用努力掩饰的平和语气问他："有没有伤到骨头？"

萧山盟轻轻动一动四肢："都还听话，骨头应该没事，就是肌肉疼得厉害，要歇一歇才能活动。"萧山盟没好意思说他的屁股先撞到大树上，怀疑压迫到坐骨神经，这时一波又一波的痛感以屁股为源头，传遍四肢，他强忍着才没叫出声。

锦书说："多亏你是我的坚强肉盾，我现在还能走能跳。这场风雪来得又猛又急，咱俩不能困在这里坐以待毙，我先去探探路，看能不能回到上山的那条小道上，等你缓过来，咱们再一起出去。"

萧山盟坚决不同意："风雪这么大，连路都看不见，你没走出几米远可能就迷路了，万一找不回来，后果更严重。不如老老实实地等在这里，这么大的雪不会下太久，等雪一停，我也能活动了，咱们就一起找路下山，只要两个人不分散，有什么困难都可以克服。"

锦书也怕和他走散了，不过她已经想到一个主意："咱俩其实没滚出多远，离那条小道最多几十米的距离，我有个主意，保证不会迷路。”说着她把头上戴的鲜红的毛线帽子摘下来，找到帽檐处收针的线头，用牙齿咬断，轻轻一抽，抽出半米多长，“我把这头系在你手腕上，牵着走，这帽子的毛线抻开了有一两百米长，足够了。我走两米就把毛线在树枝上缠一圈，这毛线的质量过硬，有韧性，不会被风刮断，我答应你，不管找没找到那条小道，最多半小时，我一定沿着毛线走回来。”

萧山盟还是不同意：“没了这顶帽子，你的额头啊耳朵啊都暴露在外面，这大冷的天，一会儿工夫就冻透了。”

锦书安慰他说：“没事，我戴这帽子就是为了好玩，以前冬天从来不戴帽子，耳朵不还是好好的。”

萧山盟见锦书已经打定主意，说服不了她，只好由着她去，最后又敲定一次：“咱俩说好了，不管怎么样，最多半小时一定回来。”

锦书答应了，把毛线头缠在萧山盟手腕上，打个死结，说：“别担心，我会注意安全。”心里一热，在他额头上亲一下。

锦书才走出一步，感觉萧山盟在后面扯住毛线绳轻轻摇晃，她回头说：“有事？”

萧山盟说：“这是不是传说中的月老红绳，一头系着你，一头系着我？”

锦书甩他一个白眼：“都伤成这模样了，还有心情胡说八道。”嘴上嗔怪，心里却美滋滋的，似乎漫天风雪也不那么可怕了。

锦书的身影很快湮没在暴风雪中。她第一次真切地体会到“举步维艰”的含义。北风如此强劲，似乎随时要卷起她的身体，丢下悬崖或者抛向半空；又像是一堵厚重的石墙横亘在面前，不可跨越，无法前行。雪花打在脸上，冰冰凉凉，融化在额头和两颊的水渍被风吹干，带走残存的点滴热量。脸皮冻得麻木了，摸上去感觉不像是自己的。也有雪花调皮地钻进衣领，顺着脖颈爬向后背，在贴肉的温暖里掺和些冰冷，像恶意的玩笑，激得她打了个冷战。

她感觉呼进鼻腔的是寒风，而不是空气。身体断了给养，这让她有些气力不济。她被迫停下来，转过头去，避开风势，大大喘几口气，才能继续前行。她每走几步，就把帽子上的红毛线在就近的树枝上缠几圈，这至关重要，能带领她回到萧山盟身边。她不怕找不到下山的路，她怕不能和萧山盟在一起。

一阵狂风卷着雪花劈面打来，她脚下趔趄，踩到一块石头上，险些栽倒，好在手边有一根粗大的树枝，她顺势伸手握住，身体随着树枝摇晃的方向前后摆动，勉强保持住平衡。她长出一口气，忽然感到后怕，如果没有这根树枝搭救，她刚才很可能会再次滚落山坡，如果受了伤，或者失手把毛线帽子丢掉，她就无法回到萧山盟身边了。

她想起早上出发前七婶的劝告，很后悔自己当时被兴奋冲昏头脑，只顾憧憬和爱人同游的快乐，忘记考虑潜在的危险。她自责了一阵，提醒自己一定要加倍小心，务必找到下山的路。她做几下深呼吸，平复紧张且懊恼的情绪，又小心翼翼地向前摸索行进。

锦书的方向感很好，虽然漫天风雪遮蔽了视线，但她凭着记忆和直觉，居然一步步走近了通往山脚的羊肠小道。在毛线帽子拆到尽头时，她惊喜地低呼一声，一只脚已经踩到下山的路上。头顶的树木遮住了大部分降雪，加上风力作用，地面只覆盖着薄薄一层，依稀可以辨认出小径的轮廓。

不知道是不是心理作用，这时风雪似乎收敛了些。她眼前陡然出现一缕曙光，紧绷的神经舒缓下来，看看手表，才下午四点一刻，如果两人抓紧时间，估计最迟六点半之前可以到达山脚。下山后就好办多了，到时候看情况而定，或者把萧山盟送到就近的医院验验伤，或者直接赶回七婶家，给他做一桌热乎喷香的饭菜。

锦书的神经高度亢奋，身体却几近麻木，在恶劣天气里长时间行走，却丝毫不感觉疲倦，她沿着缠在树枝上的毛线绳指示的方向，一步一挪地往回走。

由于已经走过一遍，又格外小心，回去的路更顺一些，似乎只用了十几分钟，就影影绰绰地看见萧山盟的身影倚靠在一棵大树上，半坐半卧，往她回来的方向张望。

锦书兴奋地喊他的名字，声音却被暴风雪吹散了，支离破碎的，像是从很遥远的地方传来的一样，连她自己都几乎听不到。

锦书欢快地跑过去，和他并肩而坐，趴到他耳边大声说："我找到下山的路了，就在这条红线的尽头，等你缓一缓，身上感觉好了，咱们就一起下山去。"

萧山盟说："好。你不知道我刚才多担心你，真怕你找不回来了。"

也许人在困境中心灵更容易触动，他简简单单的一句话，却让锦书心里莫名地不好受，有种患难与共的悲壮和感动。爱情是美好的体验，哪怕在最恶劣的天气里，她想，不虚此行啊，不虚此生。

她还没从自己营造的感动里回过神来，就发现萧山盟的右腿僵直，脚踝处隆起一个鼓鼓的大包。她急忙半跪在地上，俯身拉低他的袜桩，见他的脚踝肿得像发面馒头，皮肤又红又亮，似乎包着一泡水，看上去就钻心地疼。

锦书感觉胸口一阵阵地抽搐，嘴角歪了，两滴黄豆粒大小的泪水掉下来，掉在他红肿的脚踝上。直到现在，她才感到慌乱和恐惧，才真真切切地意识到，她和她的爱人，正经历着一场生死考验。

萧山盟见她落泪，忙安慰她："就是崴了一下，没伤到筋骨，不要紧的。"

锦书知道她现在不能示弱，抬袖口擦去眼泪，勉强笑笑说："只要没伤到骨头就没有多大事。现在风雪不像刚才那么猛，看样子用不了多长时间就会停下来。咱俩在这里等着，七婶知道我们在苍莽山上，等雪一停就会带人来找。”

萧山盟见暴风雪的势头不减，并没有停止的意思。锦书从小生长在南方，不习惯这种天寒地冻的气候，在风雪中暴露这么久，两颊冻得通红，尤其是两只耳朵，好像冻伤了，又红又肿。他心疼锦书，又恨自己偏偏在紧要关头受伤，就带着歉意说：“两个人都耗在这里没有意义，你既然已经找到了下山的路，干脆自己先下去，回头再带人来接我。”

锦书当然不肯，撇一撇嘴角，说：“没有你陪着，我一个人会迷路。”她说这句话半真半假。她既舍不得丢下他，也没有把握在这样恶劣的天气里一个人寻路下山。眼下最大的指望是七婶早些带人上山来找他们。索性两个人就坐在这里等着，难道还能被冻死不成?

萧山盟其实也不放心锦书一个人走，见她打定主意留下来，想两个人守在一起也好，万一发生什么事，还可以互相照应。

锦书在萧山盟身旁坐下，背靠大树，肩膀倚在他肩头，轻轻叹口气。在这样的穷途困境中，她竟没有感到慌乱和绝望，相反，她心中平安喜乐，似乎只要和萧山盟在一起，困境也是天堂。

萧山盟像变戏法似的从羽绒服的贴身口袋里掏出一个花哨的包装盒，打开，里面是两块核桃酥，每块都有锦书的手掌般大，金黄油亮，香味扑鼻。

锦书笑了：“居然藏着私货？”

萧山盟说："是在景海美食街买的。想着你爱吃，就随身揣着，预备咱俩在外面游玩时当零食吃，现在果然派上了用场，真应了有备无患这句话。"

当时两个人年轻，饿得快，在山上走了小半天，肚子里早就在咕咕地叫，于是一人分一块核桃酥，开开心心地吃下去。

锦书一向爱吃零食，最喜欢的就是核桃酥和羊肝羹这两样，不过那时日子都不宽裕，尤其锦书父亲已过世，母亲给她的生活费要精打细算地花，所以只能偶尔买点儿零食解馋。

这时和心爱的人在冰天雪地里并肩坐着，小口咀嚼核桃酥，有种前所未有的香甜味道。她在地上抓起一把雪，放进嘴里，吃得眉开眼笑。

萧山盟奇怪地问："好吃吗？"

锦书说："好吃死了。"

萧山盟学她的样子，也捏起一撮雪放进嘴里，和核桃酥一混，凉凉甜甜的，沁人心脾，点点头说："真好吃。"想想又补充一句，"还是你会吃。"

"七婶现在一定做好了一桌子菜，在家里等我们回去。"锦书默默出了一会儿神，又说，"在这里等着也是等着，干脆给你讲讲我和七婶的事。"

萧山盟以前根本不知道七婶其人的存在，到了曲水后见锦书喊她干妈，貌似两人的感情非常深厚，难免让他感到惊奇，不明白为什么锦书以前从未说起过她。但他一向对锦书既信任又尊敬，她既然不主动提起这个话题，他也不会刨根问底。

锦书的表情忽然有些落寞，说：“说起我和七婶的事情，就不能绕过我爸。我认七婶当干妈，目的是给我爸洗刷冤屈。”她侧过头，凝视萧山盟的眼睛，苦笑说：“李阿姨因为我不肯讲家里的事情，对我有成见，我能感觉得到。其实我不是故意瞒她，这件事曲曲折折的，很难说清楚，即使说实话也像在撒谎。而且我一个女孩子，有些难听的话也说不出口。”

他们处在一个承前启后的时代，传统还没有被鄙视和遗弃，年轻人对爱情的表达仍然含蓄。社会上新思潮蓬蓬勃勃，却还没有大规模侵入校园里来，大学仍是一方净土。萧山盟和云锦书虽然彼此深爱，却恪守着身体防线，除去牵手、拥抱和接吻，没有更多的肌肤之亲。所以尽管锦书对他毫无芥蒂，但每次说到男人和女人的事情时，难免感觉羞涩，以致支支吾吾，词不达意。

萧山盟隐约猜到了什么，就很真诚地对她点点头，用目光鼓励她说出心中的秘密。

锦书说：“我爸在蒙冤入狱前是一名优秀的外科医生。他和我妈是大学同学，毕业后一起分配到楚原，但不在同一家医院。在我读初三那年，我爸无辜被卷进一起人命案，那时我才真正懂得什么叫千夫所指、百口莫辩，一个清白的好人，竟然被指认成杀人犯，被法院判了死刑。”

尽管萧山盟事先预料到锦书家有大事发生，但听到锦书父亲被判处死刑，仍然忍不住吸一口冷气，脸上变了颜色。

锦书察觉到他内心的剧烈震撼，撇撇嘴角，似乎在说，看吧，这就是我一直没和你说这事的原因。不过她还是努力保持平和的语气，继续说：“后来多亏了楚原的一位退休刑警——张柏山，我叫他张叔。他为人很仗义，业务过硬，当选过公安战线的全国劳动模范。他在法院一审宣判后主动找到我家，说我爸的案子有很大疑点，我家应该上诉，争取公平判决。他那时已经从岗位上退下来，虽然在警队里还有一定威望，但是毕竟不能直接插手案子，只能在一旁出谋划策，由律师提出抗诉。

“张叔提出的疑点起了作用，案子二审时，主审法官也认为很棘手，检察院方面证据充分，但是被告方的反驳也很有力，不过检察院毕竟有证据链，我爸和代理律师却拿不出实质证据，最后折中判了死缓。张叔认为这个判决有和稀泥的意思，冤枉好人，建议我家继续上诉。但我妈那时心灰意冷，不愿再耗时耗力地申诉，我年纪又小，说话没人听，最后我爸被迫接受了判决结果。

“张叔和我妈接触过两次，见她态度消极，对他带搭不理，像是已经放弃了我爸，只好把他的怀疑告诉我，又说他根据那起人命案的作案手法，认为曲水镇有个名叫黑毛的在逃犯有重大嫌疑。黑毛为人狡猾，行踪诡秘，除了他母亲，没有人知道他的去向。但是他母亲又偏偏是个聋哑人，警方和她接触几次，一无所获。如果想给我爸洗刷冤屈，必须在黑毛母亲身上打开缺口。你应该也猜到了，黑毛的母亲就是七婶。”

萧山盟到现在才了解锦书学习手语的动机，对她的心劲钦佩之余，还有点莫名的感动与怜惜。一个初三的小女生，过早接触了人与人之间相互利用和伤害的种种伎俩，对她未免过于沉重。他温柔地注视她的眼睛，没有接话。

锦书的眼睛一闪一闪，晶亮晶亮的，说：“我在高一下学期，以志愿者的名义第一次登上七婶家门，那时我已经学习了一些手语，可以和她简单交流。没想到我俩投缘，她很喜欢我，让我有事没事的就去她家坐坐。七婶是个精明人，来回几次，就明白了我接近她的用意。但她不拆穿，我也不挑明，两个人揣着明白装糊涂。时间一长，我们感情越来越好，我就认她做了干妈。我想啊，人心都是肉长的，总有一天，七婶的心被我焐热了，会跟我说出黑毛的下落，我爸的案子就有希望翻过来。”

锦书没有仔细描述她爸卷进人命案的经过，萧山盟就没追问。既然锦书那么笃定她爸是被冤枉的，他自然而然地也这样以为。锦书的爸爸，怎么可能是坏人呢？他这样想。他的逻辑质朴而坚决。

“后来和七婶越处越热乎，我就认她做干妈。我有时候甚至想，就算七婶最终不肯帮助我找回黑毛，我也会一直做她女儿，在她身边嘘寒问暖。我和她在一起的目的性越来越模糊，她对我也慢慢撤去了防线。”

“可是，我爸却等不到冤屈昭雪的那一天了。”锦书的眼里泪光晶莹，“我爸是个爱惜名誉如生命的人，却遭受天大的侮辱和委屈，而且后半生都要在监狱里度过。他心情郁闷，入狱第三年头上就得了重病。监狱直到他病入膏肓时才批准他保外就医，他住进医院没几天就永远……”锦书多年来第一次向人倾诉心底的秘密，说到伤心处，伏在萧山盟的肩头痛哭失声。

萧山盟受她感染，眼里也泛出泪光，把她紧紧揽在怀里。

锦书想起那段悲伤的往事，心口像被一只看不见的手拧着，有种难以言说的痛。她的泪水把他的胸前洇湿一大片。爸爸临终时半睁双眼的样子，像一张清晰的相片印在她心头，不因时间而褪色，他死不瞑目啊。

萧山盟直到现在才知道，这个阳光、善良、坚强的女孩，内心深处却隐藏着一段极端痛苦的回忆。

他忽然想起一件事，说：“原来你报考公安大学的法医专业，是为了你爸的案子，也许有一天你可以运用专业知识，帮助你爸翻案。”

“不是也许，是一定，百分之一百。哪怕十年、二十年，我也会坚持到底，不挖出真相决不罢休。”锦书咬牙切齿地说，脸上透出一股执拗的狠劲儿。

萧山盟说：“我相信你，一定可以做到。”他是真诚的。他的表情里带有强烈的自信，那是二十岁时独有的、未知人心诡谲世事艰难的自信。

锦书得到他的鼓励，好像开心了些，说：“七婶的那块血玉，是张叔告诉我要设法弄到手的。他说那是黑毛犯罪的证据，是他从一个被害人脖子上扯下来的。七婶不知道，以为是黑毛花钱买来孝敬她的，当宝贝一样藏着，我跟她要了两次，她都舍不得给，这次以你的名义，终于要出来了。张叔说，有了那块血玉，将来黑毛落网后，就可以把它当作审讯的突破口，黑毛再怎样狡猾，也没法编造血玉的来历，说不定就此把案子破了。”

萧山盟一只手搂着她的肩膀，一只手紧紧握着她的小手，说：“原来那块血玉有证据价值，我回去后就把它交给你，可要收好了。”

锦书在他胸前蹭干脸上的泪水，很严肃地说：“还有一件事必须要告诉你，虽然我一直在努力忘记这事，而且我问心无愧，但还是有必要让你知道。”

萧山盟还没从锦书父亲的悲惨遭遇里回过神来，又被她郑重的表情唬住了，下意识地：“什么事需要这样严肃？”

锦书从他怀抱里挣脱出来，平视他的眼睛，说：“你知道，我的高考成绩远超出公安大学分数线，却没有被录取，最主要原因是我就读高中的一位副校长在中间捣鬼。”

萧山盟的心猛地跳一下，想起他和李曼的那次剧烈争吵。他一直没有向锦书问起这件事，她自然以为他不知情。他在心里盘算着是否应向她坦白，又怕她尴尬，而且现在时机不对，只好继续装作第一次听到。其实，他也想亲耳听到从锦书嘴里说出事情真相，不仅是出于好奇心，也为了日后他在李曼面前为锦书说话时，能够更有理有据有节。

他掩饰得好，锦书没有察觉他的心理活动，继续说："高三那年，学校有两个北京大学的保送名额，有许多人拼命争抢。我因为决心报考公安大学，就没有提出申请。没想到主管这项工作的副校长主动把我叫到他办公室，说我的成绩和表现符合保送北大的条件，在校方拟定的保送名单上，我排在第一位。

"要说我面对这个诱惑一点儿不动心是假的，毕竟北大曾是我多年的理想，如果不是因为我爸的案子，我的高考第一志愿一定是北大。那个姓周的副校长也一厢情愿地认为我和别人一样垂涎这个机会，还没等我表态，又说，虽然我排在第一位，但是我爸的案子对我有些影响，而且排在第二位的同学家里很有权势，排在第三位的同学虽然学习成绩一般，却连续三年都是市级优秀学生干部，这两个人一用力，就会把我挤下去。

"话说到这程度，我就有些反感，感觉自己好像一个砝码，被人摆在天平上称分量。我直截了当地告诉他，我对北大的保送名额不感兴趣，让别人去竞争吧。

"周副校长没明白我的意思，以为我知难而退，他的话越来越赤裸裸，说学校领导班子有六个人，今年刚好有六个保送名额，北大这两个是最热门的。六个校领导平均分配，每人有一个名额，他和正校长各掌握一个北大的名额。所以，只要他替我说话，这个北大名额百分之百是我的。他一边说一边跟我动手动脚。我就有点儿发蒙，这个周副校长才三十岁出头，主管学生德育工作，平时和我们接触比较多，威信较高。我无论如何也想不到他在私下里竟然是那么丑恶的一副嘴脸，有一瞬间不知所措，但很快就反应过来，挣脱他跑到门口，要拉开门出去。想不到他早有预谋，反锁了门。他冲过来抓住我，威胁我不要声张，否则北大的保送名额就别想了，闹大了还要把我开除。他说他是市里重点培养的年轻干部、优秀共产党员，而我是……是杀人犯的女儿，真要闹起来，他就说我为了北大的保送名额主动勾引他，倒要看看谁更有信用，党委和群众会采信谁的说法。”

萧山盟越听越气愤，一拳重重地捶在雪地上，骂道：“王八蛋，厚颜无耻。”积雪下面的碎石子扎破了手指，鲜血淋漓，他却丝毫感觉不到疼痛。他想起章百合向李曼说起这件事时，和周姓副校长的说法完全一致，分明是故意把脏水往锦书的头上泼。她作为锦书的同学兼好友，恐怕比别人更了解真相，这种颠倒黑白的做法虽然是为了击退情敌，却还是太卑鄙。

锦书说：“我当时和你一样气愤，想不通他道貌岸然的一个人，会这样厚颜无耻。我一点儿没理会他的威胁，拼命甩了他一个耳光，撕心裂肺地喊起来。这时门外有一个老师听到动静，就过来敲门，隔着门问里面发生了什么事。那个禽兽副校长非常狡猾，立刻打开门，作势把我往外推，故意对着门外大声说，‘北大的保送名额只有两个，给谁不给谁，由学校的领导班子集体决定，我自己说了不算，你在我办公室怎么闹都没用。’敲门的人是我的班主任老师，姓王，为人正直，带了我三年，了解我的性格。他听见周副校长这样说，就没追问，怕事情闹大了不好平息，直接把我带到他办公室，询问了事情经过，嘱咐我不要为这事影响高考，交给他处理。

“这种事情是压不住的。校委会调查了几天，初步意见是倾向于周副校长的说法，认为我道德败坏，鉴于高考在即，出于人性化考虑，建议做出留校察看处分，取消一切评优资格，记入学生档案，允许继续参加高考。据说这还是周副校长在校委会上求情的结果，否则按有些人的提议，直接就开除学籍了。”

萧山盟气得血往上涌，想挥舞手脚表达愤怒，却忘了脚踝肿得发亮，稍微一动，就疼得叫出声来。锦书被他一打岔，顾不上回忆往事，忙俯下身查看他的伤势。

萧山盟感觉尴尬，把腿略收一收，意思是不想让锦书看，把话题收回到她身上：“我没事儿，不用担心。后来，学校给你处分了吗？”

锦书心细，知道萧山盟对崴了脚而耽误两人下山有些歉疚，就不去理会这事，继续讲她的故事：“多亏了我的班主任王老师，几次找校长和党委书记据理力争，说他在事发时在周副校长办公室门外听见我大喊大叫，才过去敲门。按照周副校长的说法，是我主动勾引他，那么我肯定不希望被别人知道，这样大喊大叫就没有道理，逻辑上讲不通。总之，这件事双方各执一词，没有旁证，不能轻易采信任何一方而对另一方做出影响一生前途的严厉处分。王老师在学校里有资历和威望，校长也让他三分，而且他是目击证人，说出的话很有分量，他们不得不重视。最后双方各让一步，取消对我的处分，不记入学生档案，同时要求我息事宁人，不许对外声张。

“周副校长是个小人，虽然口头上答应不再纠缠这件事，后来却还是给我使个绊子。我第一志愿报考公安大学，超出分数线一百多分，但是学校来人调档时周副校长从中作梗，说了我不少坏话，偏偏公安大学又是对个人道德品质要求很高的一所学校，调档的人相信了周副校长的话，最后我没能走成，被调剂到景海医科大学。”说到这里，锦书吐吐舌头，做个调皮的表情，“说起来我还要感谢周副校长，如果不是他使坏，我就不会上景海医科大学，也就不会遇见你。做法医的机会以后还有，萧山盟可只有一个。万一你被别人抢了先，我还要费心费力地再抢过来，哪有现在这样原封的好。”

萧山盟捧场地笑笑，却为锦书的遭遇感到心酸。他的生活道路一直都很顺利，对人心诡谲和生活艰难从没有切身体会，无论如何也想不到在锦书的阳光外表下，却掩藏着这么多痛苦往事。她的坚强、勇敢、包容和担当，都让他又敬又爱又心疼。他紧紧地搂着锦书，手指深深嵌进她的棉衣里，似乎在表达他要与她相依为命、相濡以沫的决心。

呼啸的风雪不知什么时候停了，天色渐渐黑下来。地面的积雪灰蒙蒙的，深可及膝。树木的枯枝随意伸展，造型奇异，在夜幕中看去，好像张牙舞爪的妖怪，俯瞰苍生，择人而噬。

锦书往他怀里拱了拱，苦笑说：“这恐怕是楚原有史以来最大的一场雪了，咱俩一定是上辈子敲穿了木鱼，才有这百年难遇的好福气。”

萧山盟说：“在山上过夜也蛮好的，这段经历叫作风雪苍莽山，够回味一辈子了，可惜没有相机拍下来留念，以后跟咱们儿子吹牛时缺少证据。”

锦书用力推他一把：“胡说八道，谁要跟你生儿子？”劲使偏了，戳得手指疼，忍不住“哎哟”地叫一声。

萧山盟忙握住她的手轻轻地揉，锦书的心像融化了一样温暖甜蜜，轻轻叹口气说：“其实我没有那么贪心，和你在一起的时光留下数不清的美好回忆，足够我以后慢慢回味了。哪怕我们以后不能一生相守，我也不后悔这段相爱的日子。我把所有的爱一次用完了，往后恐怕再也提不起兴致去爱别人。”

萧山盟十分地诧异说：“胡说什么呢？好好的怎么想到分手了？”

锦书的表情惆怅又无奈：“我挺悲观的，总觉得命运不会眷顾我，不把我狠狠地捉弄够本不肯罢休。李曼阿姨对我的态度从好到坏，从热到冷，我都能感觉到。虽然章百合从中挑拨，但李阿姨毕竟是走心了，对我不信任。我的家庭情况，就像一枚地雷，不在乎的人绕着走，永远不会引爆。在乎的人非要踩上两脚，就炸得粉身碎骨。李阿姨要是过不去这道坎，咱俩往后很难在一起。”

萧山盟不以为然：“不会的。”不知道是说李曼不会插手他俩的事，还是说他俩不会分手。又说：“她是她，我是我，她虽然是我妈，也不能替我决定我的人生。”

一阵风吹过，吹落枝头的积雪，洒在他俩头上，有几朵钻进锦书的脖子，她打了个激灵，说：“咱俩不会冻死在这里吧？”

萧山盟故作大大咧咧地说：“我在鸿钧老祖庙里算过命，能活到九十九。”

锦书纠正他：“鸿钧老祖是道家祖师爷，他住的地方叫道观，不叫庙，你一定被人骗了。”

萧山盟辩解说：“人家确实叫道观的，是我说错了。”

锦书忽然伤感起来：“如果不能和心爱的人在一起，活到九十九也没什么意思。”

萧山盟开解她：“遇事多往好的方向想，地球上没有迈不过去的坎。”

锦书说：“地球上没有，可是人心里有。”停顿片刻又说，“你知道我为什么很少向你提起我妈吗？”

萧山盟：“为什么？”

锦书的脸涨得通红，眼角忽然湿了：“她做事太绝情，我不大喜欢她。我爸出事以后，外面人说什么的都有，但是当着面都只讲好话，说不相信我爸能做出伤天害理的事来。我从始至终都站在我爸这边，坚决相信我爸是被冤枉的。可是我妈的态度一直模棱两可，在法院一审判决后，她就提出和我爸离婚，要断绝一切关系。我说爸爸现在落难，作为一家人，正确做法是齐心协力渡过难关，争取二审胜诉，哪怕不能扳回判决，也要在精神上支持他，绝不能落井下石。其实你知道我爸一审判了死刑，我妈提出离婚就是个姿态，要让外界知道她和他已经划清界限。刑警队的张叔帮助我们上诉，可是我妈却不起劲，那时我对她的心就冷了，想不通一家人怎么会突然翻脸无情。别说我爸的案子存在很大争议，就算全世界都指证他，我妈作为他的妻子，也有义务和他一起站在世界的对立面。”

锦书的最后一句话打到他，他想起自己和李曼争吵时说过类似的话，不由得身上起了一层鸡皮疙瘩，所谓的心灵相通就是这个意思吧！

锦书的眼泪终于滚落下来。那段往事给她带来的伤痕永远是新鲜的、痛入骨髓的，每次提起，就像在心头又插一把刀子。爸爸的绝望的脸，妈妈的冷漠的眼神，外人的指指点点和议论纷纷，让她感觉天都塌下来了，她孤立无援，四面楚歌。

萧山盟是她唯一可以倾诉的对象。他信任她，支持她，爱她，无论她说什么做什么，他都无条件地、义无反顾地信任她，支持她，爱她。这感觉真好，真放松，真幸福。除了已过世的爸爸，只有他——萧山盟，给她这种感觉。

“二审宣判后，我妈如愿以偿，让我爸在离婚协议书上签了字。这件事可能是我爸在监狱里生病的一个重要诱因。如果当时我妈能够做到不离不弃，在我爸陷入绝境时给他精神鼓励，让他有念想，有盼头，他一定不会那么轻易地放弃自己。”锦书说到这里，泪如雨下。

萧山盟忙掏出手绢帮她擦拭，说：“天这么冷，可别哭了，会冻伤脸的。”

锦书不好意思地笑笑，用力吸吸鼻子，说：“我以前很少哭，自从我爸去世后，我把这辈子的眼泪都流干了。这几年，我妈倒是没再婚，可是有一个男人总到我家里去，有时候待到深夜才走。我不习惯啊，就不愿意回家。”

萧山盟开导她：“你爸是好人，被冤枉了是他命不好，是执法人员的草率和渎职。你这样坚持不懈地帮他洗刷冤屈，总有一天真相大白，法庭会给他恢复名誉。你爸有你这个女儿，在另一个世界里也会感到欣慰。你妈的做法也无可厚非，患难与共是一种理想状态，是很高的道德标准，做得到的是圣贤，做不到的是普通人。我们也要站在她的角度，想想她心里的苦闷，她有选择自己人生的权利。也许她唯一做错的就是提出离婚的时机不好，在你爸的判决刚下来时离婚，是雪上加霜，如果她能等上一年，等你爸接受了现实，适应了牢狱生活，说不定他自己就主动提出离婚了。”停了一下又说，“你家摊上的事情太大，放在任何一个家庭，都是家破人亡的结局，你妈不该为这个后果负责，你也不必怨恨她，更不必为此影响母女感情。过去的让它过去，珍惜现在，用心对待身边的人。”

他的话触到了锦书内心深处，她才擦干的泪水又渗出来，仿佛笼罩在心头的一块乌云被和风吹散，前所未有的明亮和轻松。

她不是轻易向别人敞开心扉的人，更不愿随便示弱，关于家庭的苦难，以及对母亲的心结，已经在她内心压抑太久。萧山盟胸怀开阔，又肯设身处地地为别人着想，所以尽管说出话来不温不火，却很有力量，能够打动她，让她不设心防地全盘接受。她舒服地依偎在他怀里，心中平静如水。苍莽山是一道幕墙，屏蔽了红尘，屏蔽了时间。雪海茫茫，只有他和她——两个抱团取暖的恋人。

一轮新月挂在天空，冷冷的清辉。它是旁观者，人世的悲欢与它无关。气温是越来越低了。锦书感觉自己的手脚已冻得没有知觉，好像不是自己的。她的眼皮越来越沉，昏昏欲睡。她像孩子一样蜷缩在他怀抱里，含糊不清地说："我们要冻死了吗？是我不好，非要你来楚原陪我，看曲水流觞，爬苍莽山，我太任性了……"

半睡半醒中，有几道摇摇晃晃的光束射到身上，有人在扯着嗓子喊："找到了，快过来，他们在这里……"声音破了，有些刺耳，却格外温暖。

他俩早上出门后，七婶在家里就坐卧不宁，几次到门口张望，盼着两个孩子能早点回来。下午变天后，狂风暴雪像鞭子一样抽打着七婶的心，她要急疯了。她知道两个孩子现在苍莽山上。那座山又陡又险，天气好的时候都非常难爬，在这种百年一遇的恶劣天气里，没有任何登山装备的两个孩子一定会被困在大山深处。要是在山上冻一宿，后果不堪设想。

七婶顶风冒雪地找到“曲水聋人互助会”会长曲广袤，向他说明情况，请求救援。曲广袤心急火燎地召集了十几个人，有聋人、手语翻译和健全人。大家拼凑了一些简陋的登山工具和救援装备，由在苍莽山做过护林员的许云杰领队，风雪的势头稍减，一行人乘一辆敞篷大卡车赶到苍莽山脚下。

许云杰对苍莽山的地形非常熟悉，上了山就像到家一样，叫得上每棵树的名字、年龄和位置，对上山的唯一一条小道更是闭着眼睛也能走两个来回。即使如此，在丛林密布、白雪覆盖的大山里寻找两个人，也绝不是一件容易事，何况山高地滑，视线受阻，还要照看其他的救援人员不要走散。多亏锦书拆了她的红色毛线帽子，绑在树枝上，成为救援队伍的路标。在漫山白雪中，那一道红色格外娇艳醒目，从那条羊肠小道一直通到两人身边。否则，这短短几十米，就可能是阴阳之间的距离。

救援人员发现他俩时，锦书伏在萧山盟怀里，昏昏欲睡。萧山盟背靠大树坐在地上，解开羽绒服的拉链，把锦书裹在怀里，紧紧地抱着。他的眼睛睁得大大的，没有丝毫倦意。

执意要跟上山来的七婶跌跌撞撞地扑到两个孩子身前，一手抱住一个，失声痛哭。

先有苍莽山，后有大楚原。不知已屹立几千万年的苍莽山，今天为雪白头，为人间不老的爱情做证。

萧山盟的脚踝虽然肿得吓人，其实并没有伤到筋骨。七婶请来曲水镇有名的民间跌打医生韩七指，给他用烈酒推拿几次，敷了两回草药，两天后就康复了，虽然还不能剧烈运动，但是行走如常。

锦书也没有大碍，就是手和脚冻伤了，肿得像发面馒头似的，在炉火旁坐时间长了，痒得钻心，又不敢挠，怕挠破了感染。韩七指给她配一副草药，在嘴里嚼碎了往她手脚上敷，锦书闭着眼睛一动不动，任他摆布。事后偷偷跟萧山盟说，草药挺有效，抹上去清凉凉的，消肿止痒，就是韩七指炮制草药的方法太原始，哪怕在碗里捣碎也比嚼烂的好，至少让病人在心理上不那么抵触。

萧山盟认真地说，嚼烂草药是中医的一道必要步骤，这样才能让药力充分发挥出来，其他的做法，不论是捣碎还是研碎，都起不到相同效果。

锦书半信半疑，可是看萧山盟一本正经的样子，又不敢质疑。

十　二

冬去春来。

春天的景海医科大学格外美丽，校园里姹紫嫣红，春风徐来，花海波涛微漾，花香扑鼻。而鲜花虽美，却比不过年轻学子们的朝气蓬勃。他们的容颜未经精心修饰，衣裳也不新潮，甚至有些敝旧，可他们的眼神清澈干净，笑容温暖纯真，全身上下散发出无限的青春活力。年轻真好。

日已偏西。萧山盟和锦书在景海医科大学的校园里逛了大半天，要回去了。锦书陪他走到公交车站，仍依依不舍。萧山盟一直犹豫着要不要和锦书说一件事，现在终于下定决心："下周六我妈要在庆宾楼办酒席，正式收章百合做干女儿。一共请了十几个人，都是家里的亲戚朋友，百合的父母也会来。我妈希望你能出席。”

锦书愕然：“不是几个月前就已经认下这门干亲了吗？当时已经摆过酒了。”

萧山盟挺尴尬，硬着头皮说：“上次酒席的规模小，而且百合的父母没来，我妈说不够正规。其实这次摆酒的主要目的是和她父母见个面，以后两家就当亲戚走动。”

锦书想了想，说：“这是你家的大事，李阿姨又请我去，不到场怎么也说不过去。按计划下周六有学生会的活动，不过我不是重要角色，就推了它，喝你家的喜酒去。”

萧山盟原来心里惴惴不安，怕锦书使性子不肯去，又担心她勉强去了，到时候感觉不自在，场面尴尬。没想到锦书十分大度，稍显惊讶后就恢复常态，一口答应下来，而且语气平和，没有丝毫勉强，似乎并不觉得那是一个让她难堪的局面。萧山盟暗暗舒口气，甚至有些感激，想自己有这样明事理的女朋友，几乎从没跟他使过小性子，是他的福气。

车来了，他轻轻抱一抱她，力量很轻，爱很重。

锦书目送公交车融汇在城市的车流中。

周六下午。锦书穿一条白底碎花的裙子，裙摆很长，垂到小腿上，外面罩一件齐腰的牛仔夹克，乌黑柔顺的长发披到肩头，青春恣意飞扬。她仿佛是春天的一部分，和春风春雨春华春意完美地融合在一起。

这是锦书最喜欢的一套搭配。她的零花钱不多，不够她买许多漂亮衣服。可她又爱美，每当换季时，就给自己添一件新衣服的“配额”。衣服的颜色、款式和搭配效果，都先在脑海里勾画好，然后按“图”索骥，去批发市场淘货，每次都满意而归。所以她在买衣服上从不花冤枉钱，搭配出来的效果却往往让人眼前一亮，美人衣服，相得益彰。

到了庆宾楼，萧山盟正在门口等她，牵着她的手走进二楼的一间包房。有十来个人已经到了，围着硕大的圆桌团团坐着。萧逸和李曼面对门口坐在主人位上，见她走进来，都热情地招呼：“锦书，大老远地跑过来，看你头上都见汗了，快坐下歇歇。”

锦书见人都到齐了，有点窘，说：“周六，车不好等，在车站傻站了半个多小时。”

萧逸忙说：“不碍事，反正大家聚在一起就是说说话，都是家里人，早点晚点都不碍事。”

章百合拉开她身边的一张椅子，亲热地扯着锦书的胳膊坐下来，略带夸张地尖起嗓子说：“你今天真漂亮。”锦书才注意到百合精心打扮过，眉毛画得又细又弯，嘴唇涂得油汪汪的，一头长卷发妩媚动人，身上穿一件黑色真丝长裙，材质极好，勾勒出她玲珑的身体曲线，香肩微露，玉臂轻摇，行动中透着万种风情。锦书笑着搂一搂她的肩头：“你才漂亮呢，认识这么多年，你就数今天最漂亮了。”两人亲热的样子，看不出有一丁点心结。

萧山盟默默地坐到锦书身边，对她和百合佩服不已。他想这两个女人都具备政治家的素质，尽管心里不喜欢对方，表面上却看不出来。如果把他和她俩任何一人互换角色，都做不到这么轻松自如。

李曼给锦书一一介绍在座的诸位，戴金丝眼镜、四方脸的男子是百合的父亲章涤非，他身材并不雄伟，但胸膛挺得笔直，下巴微微扬起，说话声音响亮，很有威严的样子。百合的母亲沈皎皎，发髻梳得一丝不苟，插着一根桃木发簪，穿一件深绿色印花旗袍，露出洁白细长的脖颈，说话悄声细语，很有东洋淑女的风范。

还有几位是李曼的表亲和她的同事许文纨。许和李曼差不多年纪，同年进入市残联工作，友谊保持了二十几年，感情胜似亲姐妹。她尤其喜欢萧山盟，常半开玩笑半认真地说要把独生女儿嫁给他，和李曼结亲家，两家亲上加亲。不过李曼不大待见她的女儿，嫌她长相憨，说话木讷，每当许文纨提起这个话题，她要么装作没听见，要么顾左右而言他，许文纨就有些没趣了。

萧山盟和锦书好上以后，许文纨张罗几次，说要见见锦书。萧山盟知道她的性格，是个搅乱一池春水的人物，怕她背地里胡乱议论，就找借口搪塞过去。所以今天是她第一次见到锦书。

许文纨从锦书进门，就盯着她上下打量，觉得她体格不如自己女儿壮实，脸盘没她女儿大，耳垂不够厚实，看着不像会享福的人，就暗暗替自己女儿抱不平，也惋惜萧山盟“好汉无好妻”。当李曼介绍到她时，她面无表情地在座位上拧拧屁股，算是跟锦书打过招呼。

酒席的主角是李曼和百合，话题自然围着她俩打转，每个人都拣动听的恭维话来说。恭维话这东西，是人际关系的催化剂，说者未必真心诚意，听者却当成实话，全盘笑纳。会说恭维话的人，必须具备两个必要条件：一是脸皮厚，不管多么言不由衷，多么肉麻，必须一脸真诚，说出话来如行云流水，不可有少许停顿和迟疑；二是想象力丰富，遣词造句必须不落俗套，别出机杼，才能达到恭维的效果，让听者加倍受用。所幸在座的不乏说恭维话的达人，而且熟悉李曼和百合的性情，话都说在点子上，哄得两个人眉开眼笑，酒桌上的气氛很快到达高潮。

萧山盟听着这些毫无实际内容的场面话，不耐烦起来，低头捂嘴，打了个哈欠。他对这门干亲没有多少感情，不赞成也不反对。他甚至觉得，百合未必像她自己说的那样，对李曼莫名其妙地亲近，有母女之间的奇妙感觉，是命里注定的缘分。他怀疑百合接近李曼的真实目的是为了接近他，为继续纠缠他寻找一个光明正大的借口，可是百合本人不这样说，他的猜测未免有点自鸣得意的味道，所以他尽量约束自己不往这方面深想。

众人轮番夸耀李曼和百合，热闹半晌，终于渐渐词穷，话题开始发散。萧逸性格内敛，说话不多，李曼忙着和沈皎皎嘀嘀咕咕，章涤非顺势跃升为酒席主角。他口才确实了得，由于读书多，肚子里有存货，而且长期在官媒工作，又是要角，见多识广，了解许多常人闻所未闻的内幕，经他加工糅合，说出来格外妙趣横生，大家的注意力渐渐被他吸引过去。许文纨手撑下颌，专注地听他演讲，忽而啧啧称奇，忽而欢喜赞叹，忽而做茅塞顿开状，时间一长，看章涤非的眼神都有些不对了，偶尔一颦一笑，眼波流动，竟然如少女般不胜娇羞。

沈皎皎守着这样一个丈夫，既有权势地位和口才学问，又喜欢在人前卖弄，平日里不免为他操碎了心，数不清为他挡过多少桃花劫，早练就一双火眼金睛。这时冷眼一搭，就知道许文纨春心萌动，到了她必须出手的时候，要敲山震虎，把她的非分之想扼杀在萌芽状态。

她提高声音，给李曼讲了一件奇事："昨天晚上住在酒店，夜里十点多的时候，听见外面有人吵闹，我扒着窗户往外看，见几个年轻男人在酒店门口站成一横排，都穿着黑衣黑裤，打一条几米长的横幅。我心说这不会是黑社会闹事吧，再看横幅上写着一个女人的名字，说她是狐狸精，勾人老公，不要脸。"她虽然面对李曼说话，但声音很大，一桌人都能听见。许文纨对男女情事最有兴趣，每有八卦，一定要凑上去。说人是非，论人短长，是人生一大快事。沈皎皎讲的这件事正合她胃口，立刻把她的注意力吸引过去。

只有章涤非黑了脸，紧闭嘴巴，高谈阔论戛然而止，就像电台里的解说员正讲得兴致盎然，却忽然被断电，中止得突兀。沈皎皎编造的这个故事他已经听了不下十次，每当她感觉到来自其他女人的威胁，就会祭出这个故事做武器。故事的发生时间都在昨天晚上，以保证其时效性；消息来源都是她亲眼所见，以保证其真实性；故事不过分渲染，简洁明了，以保证其震撼性。中国人饮食习惯有地域差别，说话有多种方言，长相有南北之分，但对捉奸话题的浓厚兴趣却是共性，所以沈皎皎每次讲述这个故事，在场的听众不分年龄、性别、贫富和社会地位，积极性立刻被调动起来，群情激愤，痛斥狐狸精害人不浅。

她面向李曼说话，李曼只好像说相声似的给她捧哏：“后来呢？见到那女的没有？”

沈皎皎说：“后来警察来了，猜想是酒店报的警，把闹事的几个人都赶走了。被骂狐狸精的那女人始终没露面，不过认识她的人都知道了这事，她的名声算是毁了。”

一直竖起耳朵在听的许文纨解气地说：“该，谁让她勾引别人老公，这种下贱女人、破鞋，就该拆穿她的画皮，让大家看看她的真面目。”她一边说一边挥舞拳头，看样子恨不得冲上去，翻出那只破鞋，撕个稀巴烂。

沈皎皎讲这个故事的目的是震慑许文纨，却惊奇地发现她是最义愤填膺的一位。看来偷情这种事，往往是手指别人而不自知，自己想得，别人想不得，自己想是情难自禁，别人想是淫秽下贱。虽然还未点醒许文纨，但沈皎皎已经在她和章涤非耳边各敲了一记警钟，她大人大量，不再追剿。

章涤非被她破坏了发表演说的兴致，索性闷头喝酒，许文纨意犹未尽，给他提了几个话头，他都不接。许文纨无趣，注意力转移到章百合身上，见她像蝴蝶似的满场飞，笑颜如花，才又想起今天的主题，没头没脑地说：“真是虎父无犬女，章主编的口才好，女儿社交能力也强。”又顺便替她自己女儿出口气，把话题引到锦书身上，“是叫云锦书吧？阿姨为你好，在座的没外人，关起门来说几句掏心窝子的话，这方面你可要向百合多学习，你看百合这会儿工夫说了多少话，敬了多少酒，多会来事。你却坐在那里一动不动，阿姨不和你见外，有啥说啥，你这样呆板，以后参加工作，可没啥好处。”云锦书被她批评得红了脸，但对方是长辈，又是李曼的好朋友，她的伶牙俐齿无法施展，何况她今天处境尴尬，确实没怎么说话，只好傻笑点头，表示虚心接受。

萧逸护着儿子的女朋友：“锦书今天不是主角，表现有些低调。说起口才，锦书可不差，她还是咱们市里大学生医疗援助队的队长，组织能力强，又热心社会服务，要我说，今天在座的几个年轻人都是后起之秀。”萧山盟心里暗暗感谢父亲，替锦书找回一点面子。他平常对别人的议论并不怎么在意，但现在许文纨针对的是锦书，又把她和百合比较，让他不太能接受。而萧逸当众替锦书说话，就间接表明了他的立场，萧家对这个未来的儿媳妇是欣赏、肯定、接受的，无关人最好闭上嘴巴，莫论是非。

许文纨还不服气，拐弯抹角地挤对锦书：“现在的年轻人跟我们那会儿不一样，成熟早，思想复杂得多。像盟盟和百合这么单纯的孩子很少见了，这和成长环境有很大关系。今天两个孩子的父母都在场，真是有什么样的父母，就有什么样的子女，我敢拍胸脯担保，这两个孩子将来都不会差。”她又似无意地，“锦书，你父母身体还好？是做什么工作的？”

她的这句问话有让锦书当众出丑的意思。李曼和她无话不谈，早向她抱怨过锦书对自己家庭情况含糊其辞，不够坦诚，是李曼心里的一个死结。她推己及人，猜想锦书的父母一定“拿不出手”，和萧山盟的家庭差得远，锦书有攀高枝之嫌。她当众提问，倒要看锦书怎么应对。

她说话夹枪带棒，锦书还没怎样，萧山盟却有些扛不住，脸涨得通红。许文纨直接问起锦书的父母，揣着明白装糊涂，如果任由她信口开河，不知还要说出怎样让锦书难堪的话来，萧山盟心想不必给她留颜面，索性拆穿她：“许姨你忘了？你上个月来我家，我妈和你聊天时还提到过锦书的家人，她母亲是一名医生，父亲已经去世了。锦书很爱她的父亲，每次提起来都要难过半天。哎，您可真健忘。”

锦书没说话，埋下头去，装作喝冰镇汽水掩饰。被人当众拷问伤疤，她眼圈红了。

萧山盟这几句话说重了，许文纨感受到对方反击的力度，明白有些底线不可碰触，脸色尴尬，两只手不知该怎么放，生硬地做出回忆的样子，拍一拍脑门儿：“就是，才说过没多久的话，转头就忘了，都怪我这烂记性。”

李曼替她圆场："萧山盟说话没深没浅的，我和许姨都是奔五十的人了，容易忘事，还能和你们年轻人比吗？"

锦书想自己现在不表态不好，倒像是心里记恨似的，就替萧山盟道歉，顺势把这个话题翻过去："闲聊天的事，谁能每句话都记得清清楚楚，何况我父亲去世好几年了，现在提起来，不比以前那样难受了。许姨，萧山盟在我面前可没少提你，总说你们的感情比亲娘儿俩也差不多，说有机会带我去见个面，可咱们的时间总凑不到一块，今天见到了就是缘分，我敬您一杯酒，有这杯酒垫底，我以后把您放在心里，像萧山盟对您一样尊重和亲近。"

锦书把话说到这个程度，许文纨也不好再端着架子，就爽快地和她喝干杯底的红酒，大家鼓掌欢笑，化解了刚才的一场小风波。

锦书说的虽然是场面话，心底里却带着几分真诚，她由衷地想和许文纨处好关系。她是心胸开阔的人，别人冒犯她，怀着恶意挑衅，她并不太介意，也不会牢记在心。她不喜欢仇恨，常念着别人的好。她知道她不能取悦所有人，但她努力和周围人友好相处。

今晚的酒席，正式而隆重，而章百合父母的出席，也显示出章家对这份干亲的重视。章百合认下李曼这个干妈，绝不是口头上随便叫叫的，以后，她就名正言顺地成为萧家的一员。

也许，她内心并不满足于做萧家的干女儿，或者说，这个身份只是她嫁进萧家的一个铺垫而已。

锦书意识到来自章百合的威胁。她忽然感觉有些恐慌，前所未有的恐慌。她曾经无比自信，毫不怀疑萧山盟对她的感情，这感情坚如磐石、重如泰山，绝不会被外力撼动，所以尽管章百合向她公开宣战，而且手段无所不用其极，她却并不曾把她放在心上，不认为她是一个值得认真考虑的对手。可是现在，她却忽然明白，恋爱不是两个人之间的事，或者说，不仅仅是两个人的事，还是两个家庭之间的事，她要想和萧山盟在一起，就注定绕不开李曼，绕不开章百合，甚至绕不开许文纨。有些人，未必能帮助她成事，但是要坏她的事，却足够了。

她想她也许犯了一个要命的错误。她应该及早向萧家坦白自己的家庭情况，他们有知情权和选择权。她以前一直隐瞒不说，一是坚信父亲没有犯罪，他遭受的耻辱和冤屈，不该让更多人知道，除非有一天，他的案子彻底翻过来，他恢复了清白的名声，她要大张旗鼓地昭告天下；二是她确实说不出口，她是一个传统的女孩子，这案子里有许多细节是羞耻的，她不知道怎样向别人讲述，怎样才能让听者相信父亲的无辜；三是她固执地相信，她和萧山盟只要相爱就够了，足够了，与他人无关，与家庭背景无关，与贫富无关，与世俗无关，甚至，与身体的残疾无关。

她就像许多二十岁的女孩子一样，把爱情看得比天还大，以为爱情可以战胜一切。

也许她错了。

夜幕低垂。曲终人散。

当晚百合陪她父母回酒店。章涤非还在为沈皎皎信口胡诌的“捉奸”段子生闷气，一屁股坐到沙发上，自顾自泡一杯绿茶，吸溜吸溜地喝，不理她娘俩儿。

沈皎皎知道自己草木皆兵，做得有点儿过分，但当着女儿的面，又没法跟章涤非把话说破，而且心里有个关于百合的疑团，如鲠在喉，不吐不快：“女儿，你跟妈说实话，你是不是喜欢萧山盟？”

百合的脸红了：“您说什么哪？没有的事。”

章涤非也正在心里盘算这件事，有关女儿的终身幸福，他顾不上和沈皎皎生闷气，接过话头：“我先前还纳闷儿你怎么无缘无故地认个干妈，原来是醉翁之意不在酒。”

百合被他俩说得恼羞成怒，拎起包就要出门：“你们真是不可理喻，我就喜欢他，怎么啦？我比云锦书还先认识他，他对我也有好感。我又不是因为他才认李姨当干妈的，一码是一码，被你们这么一说，倒好像我处心积虑似的。不跟你们说了，我回学校去。”

沈皎皎忙拦住她，帮她训斥章涤非：“亏你还是做报纸的，说话抓不住重点，非要东拉西扯，把不相干的事拧到一起。”又安抚女儿，“就当他放屁。这么晚了，你自己回学校去，不是让妈担心吗？就在酒店里将就一晚，咱娘俩儿说说话。”

百合本不想走，顺势把包往地上一甩，气鼓鼓地坐在床边。

沈皎皎对萧山盟的印象倒不怎么好："李曼那个儿子，模样还过得去，就是人太老实，家庭条件也一般，怕以后到社会上吃不开。学校和社会的游戏规则不一样。在学校里，只要脑子好使，肯用功读书，就显得突出，招女生喜欢。到社会上，不仅要拼家庭背景，为人还要八面玲珑，才能混得出来，成绩倒是可有可无。"又以章涤非为反例进行批判，"你看你爸，文章写得好，有个屁用。我让他多往上面跑跑，他就是不听，一股子自以为是的酸腐气。不然现在正厅级早升上去了，退休前混个副省部级也不在话下。"

章涤非被她损得脸上挂不住："一张嘴就透着小家子气，把女儿都教得庸俗了。人生在世，贵在畅情适意。夫妻鹣鲽情深，恩爱和睦，不比蝇营狗苟地求取功名强？人品是双刃剑，社会上八面玲珑的，多半在感情上不够忠诚。我看萧山盟为人不错，性格像他父亲，是个能静下心来做学问的人。不过，"他话锋一转，疑惑地看着女儿，"像他那样的年轻人不少，而且他和云锦书的感情也很好，你怎么就看上他了呢？"

他前半截话还算顺耳，后面两句又把百合刺激得跳起来："什么我看上他了？明明是他对我有好感。你会说话就说，不会说就把嘴闭上。"

章涤非虽然也算个人物，但是终究弄不懂这刁钻古怪的小女人情怀，奇怪地说："咦，刚才还说喜欢他，这会儿怎么又不承认了？”

沈皎皎知道女儿在父母面前要脸面，忙替她遮挡：“云锦书的底细我清楚，心比比干多一窍，就凭她的本事，搞定萧山盟是小菜一碟。咱女儿心眼儿实诚，从来没有过恋爱经验，不知道怎么表现自己，被云锦书占了上风。要我说，萧山盟还配不上咱家姑娘呢，要是知道百合看得起他，还不乐颠颠地自己贴上来。”

沈皎皎这话又说得过了，但千穿万穿马屁不穿，百合貌似嗔怪地嚷一声“妈——”，心里却十分舒坦。

章涤非若有所思地说：“云锦书这名字听起来耳熟，是百合的高中同学？”

沈皎皎揶揄他：“她爸在楚原市大名鼎鼎，你就因为策划她爸的系列报道，还官升一级，说起来算是你的贵人。”

章涤非才想起来：“她是云长秋的女儿？”

沈皎皎不满：“百合在家里没少提云锦书，你每次都左耳朵进右耳朵出，什么时候能对女儿的事上点心？”

章涤非尴尬地笑：“单记一个名字印象不深，这不是才把本人和姓名对上号。你这么一说就想起来了，云锦书的眉眼长得和他爸一模一样。”

沈皎皎不屑地说：“一个死刑犯能生出什么好女儿！李曼多半对她家的事不知情，不然能让儿子和她搅和在一起？回头我探探她的口风，听她怎么说。”

章涤非反对说：“说不定她忌讳这事，你还是不提的好。不提，大家心照不宣，便相安无事；提了，她丢面子，最后还是你不好。”

沈皎皎存着给萧山盟和云锦书捣乱的心思，即使不能把他俩拆开，也不让他们顺顺当当的，要给女儿出口气，所以对章涤非的意见一句也听不进去：“你以为我像你一样，说话没有一点儿艺术性。我不直接问她，慢慢渗透，聊着家常就把话递过去了。她丢面子，也是自找的，谁叫她对上一个臭名远扬的亲家。”

百合假装手上忙着，不掺和父母的对话。章涤非再怎样迟钝，也知道女儿心里赞成沈皎皎的提议。他想女儿到了找对象的年纪，喜欢上萧山盟，偏偏人家又有女朋友，处境有些尴尬，用点手段争取一下不算过分，何况沈皎皎说的也有道理，提醒萧家注意，也是为他们好。这样一想，他就不再表态，任由她娘俩去胡闹。

十　三

战火终于熊熊燃烧起来。

周六早晨，萧山盟吃过早饭，收拾了碗筷，就要出门。李曼脸黑黑地叫住他："干什么去？"

萧山盟说："昨晚不是跟你讲了，我今天去医大陪锦书。"

李曼说："先不要去，我有几句话和你说。"语气很严厉，不容抗拒。

萧逸挤出一声干咳。他不善于伪装，谁都听得出这声干咳有多么生硬和做作："让他去吧，有什么话回来再说。"

李曼突然提高嗓音，声调尖锐刺耳："不行，必须现在说。"李曼一向注重个人修养，在家里说话也慢声细语，极少像今天这样失态。近半年里，这是她第二次因锦书的事情和萧山盟争吵，但这次的决绝态度和蛮横语气都比上次要强烈得多。萧山盟有些发蒙，意识到乌云压城，一场狂风暴雨在即，他却完全不知道为了什么。李曼的脸色和语气预示着这将是一场惨烈的战争，他必须认真对待。

他愣了几秒钟，走过去扶住妈妈，一只手在她后背轻轻摩挲，试图安抚她的情绪："妈，我听你的，咱娘俩儿先说说话，你别急，坐下来好好说。"说着，手上轻轻用力，让李曼坐到沙发上。

萧逸也在努力缓和气氛，倒两杯橙汁放在两人面前，说："不是什么了不起的事，心平气和地说开就好了。"

李曼冷笑一声，透着不屑和讥讽："这是能说开的事吗？每个人都有自己坚持的原则，这件事已经突破了做人的底线，我说出来都怕脏了我的口。我问你，你知道云锦书他爸犯的是什么事吗？"她说最后一句话时，目光炯炯地盯着萧山盟，似乎要刺到他心里去。

萧山盟才隐约明白今天的战火要烧向何方，又是锦书家里的事。有那么一刻，他甚至有些愠怒，不知道李曼为什么在这个问题上纠缠不清，三番五次地提及，这份絮叨、计较、蛮横，好像换了个人一样，再不是他熟悉的那个端庄慈爱的妈妈。但是他不能发火，他必须控制自己的脾气，不能吵，不能让形势恶化。他要找到一条有效的途径，纠正李曼对锦书的偏见，为锦书和她的父亲正名。这很难，他知道转变一个人的思想有多么困难，尤其当这个人带着深深的先入为主的成见时，要把她扳过来，几乎是不可能的。可是他别无选择，必须要努力尝试，绝不能听之由之。

萧山盟故作轻松地说：“妈，我正想和您说这事呢。都怪我不上心，没想到这件事给您造成困扰，不然我早就和您说了。锦书家的事情我都清楚，她爸妈离婚了，她爸后来又患病去世，都是不幸的遭遇，难怪她不爱对别人说，每说一次，就相当于揭开一次疮疤。”

李曼很反感：“你的意思是我不顾别人感受，非要打探人家隐私？我是东家长西家短的长舌妇？”

萧逸忙打圆场：“话不是这样说。锦书和咱儿子处朋友，咱们想更多地了解她也是正常心理，做父母的哪有不关心儿子的。不过，盟盟和锦书都不是小孩了，都很成熟懂事，我相信他俩能处理好个人事情，即使有些外在的阻碍，他们也能克服。退一万步讲，就算他们的恋爱不成功，最后以分手告终，天也塌不下来，两个孩子在年轻时经历过磨炼，以后会更坚强，知道自己想要什么，适合什么，对他们的一生来说，未必不是好事。咱们做父母的，尽量不参与、不干涉孩子的事，放手让他们……”

萧逸的语气和缓，尝试安抚李曼，谁知却愈发激怒了她。她把装满橙汁的杯子在茶几上重重一蹾，发出沉闷的响声，橙汁飞溅，洒在茶几上、地上和萧山盟的腿上。李曼怒不可遏，连珠炮似的对萧逸开火：“昨晚跟你谈了大半宿，你就一直和稀泥，现在你还想把事情不清不楚地蒙混过去，你究竟站在谁的立场说话？你说云锦书成熟懂事，这话没错，可是你说咱们盟盟成熟，我坚决不同意。他从小到大，从没离开过校园，咱家家庭环境宽松，社会关系单纯，盟盟没经历过挫折，压根儿不知道人性有多复杂，人心有多险恶。说到耍心机，两个萧山盟绑在一起也不是云锦书的对手。包括你，老萧，书生气太浓，总是把人往好处想，把事情简单化，看问题不够深入，处理事情不会通融。就说上次，慕市长的女儿搞房地产，要拆庄严寺，你横竖拦着……”

萧逸忙打断她：“咱们就事论事，话题别扩散，别翻旧账，否则越说越乱，就没法谈了。”

李曼盯着他好一会儿，才重重叹口气：“我跟你爷俩儿真是操碎了心。”

萧山盟听出她的语气稍有缓和，忙乘虚而入：“妈，我从不怀疑，您是世界上最伟大的妈妈。从小到大，从学习到身体到情感生活，您对我的关心无微不至。锦书确实有做错的地方，她和您沟通不够，尤其在她父亲的事情上不够坦诚。当然，她也许有她的顾虑，这是她的年龄和成长经历决定的，我认为，咱们还是要给她时间，信任她，包容她，让她慢慢………”

李曼才压下去的火气又蹿了起来：“给她时间？这难道是时间能解决的问题？这是原则问题，大是大非问题，你和她多处一天，咱们全家就跟着多丢一天脸。你知道她爸是在哪里病死的？在监狱！死刑犯！”

萧山盟脱口而出："不是死刑，是无期徒刑，因为案情有疑点，法院在量刑时予以考虑，没有判处极刑。他爸没有罪，是被冤枉的。"

李曼瞪大眼睛说："原来你早就知道了，却一直瞒着我，瞒着你爸。"

萧山盟辩解说："我也是前些日子才听锦书说的，没打算瞒着您，就是没得空跟您讲。这毕竟不是什么光彩的事，锦书不愿意咱们知道，也情有可原。您是听谁说的？百合？"

李曼强压住怒火："听谁说的？好，我就告诉你，云锦书他爸犯事时，章涤非在楚原日报社做分管社会新闻的副总编，从发案到宣判，他亲自抓的系列报道，前前后后有七八篇，案情清楚，人证物证俱在，云锦书他爸居然还敢红口白牙地喊冤枉，冤枉个屁！他敢！他还觍着脸！你可真行啊，找了个名人的女儿做女朋友，就可惜是个千夫所指、万人痛骂的名人！要不是沈皎皎讲出真相，我到现在还蒙在鼓里。她跟我说这事的时候，我恨不得找个地缝钻进去，像被人打耳光一样难受。"李曼越说越激动，眼睛里泛起泪光。

萧逸替锦书说话，也宽李曼的心："锦书爸爸的旧账，不该算到她头上。锦书这孩子本质很好，单纯善良，又会关心人，盟盟和她在一起不会吃亏，咱们没必要揪着上一代的事不放。"

李曼冷笑说："她单纯善良？她上高中时就敢为了一个保送名额勾引副校长，那是一个单纯善良的小女生能做出来的事儿？

那是死刑犯的遗传基因在作怪！”

李曼越说越难听，萧山盟的情绪也渐渐失控：“妈，我简直不敢相信这是您说出来的话。锦书真的不稀罕那个保送名额，更不会为它做出任何出格的事，她是被人陷害的。我上次已经向您解释清楚了。我们不管别人怎么说怎么想，但是我们自己不能给锦书泼脏水，她承受的已经够多了，没必要再承受来自亲人的压力，这对她不公平。关于她父亲的案子，我并不清楚所有的细节，但是既然锦书坚信他是被冤枉的，我尊重锦书的看法。而且，正如我爸所说的，即使锦书的父亲有错，也不应该由她来承担后果。我爱锦书，一直希望我们的感情纯洁而简单，不受外界干扰，不因世俗压力而动摇。”萧山盟真情流露，眼圈红了，激动得右手轻轻颤抖。

李曼比他的火气更大，蹭地从沙发上站起来，愤怒得声音都有些变形：“好，我就是世俗，正在给你施加巨大的压力。她爸是被人冤枉的，她是被人陷害的，她一家都是纯洁的小白兔，是别人不好，全社会都对不起她。我就纳闷了，怎么别人单单就盯上了她家，只坑她家人呢？”

萧山盟耐着性子解释：“她被那个副校长陷害，和她父亲的案子是有关联的。正由于她父亲的事情，她在学校里相对弱势，被人指指点点。而那个无良的副校长以为她好欺负，即使出了事她也不敢张扬，才对她做出禽兽举动。他没想到锦书并不逆来顺受，勇敢抗争，等到事情闹大了，他反咬一口，污蔑锦书勾引他。锦书因此背上处分，是她的不幸，对她的人生境遇是雪上加霜。但这不是她的错，而且她能够在遭遇重大挫折后不气馁，仍热爱生活，保持乐观的人生态度，对未来充满希望，值得欣赏和敬佩。”萧山盟努力用平和的语气说话，幻想着或许有某句话可以打动李曼。

可是怒火中烧的李曼对他的话一句也听不进去：“学校对不起她，公检法也对不起她，全世界都错了，只有她一个人对。凭什么？就凭她是强奸杀人犯的女儿？”

萧山盟并不知道锦书父亲入狱的原因，虽然明知道不会是什么好事，却一直往职务犯罪的方向猜想，猛然听到“强奸杀人”四个字，吓了一跳，不满地说：“妈，您可别瞎说。”

李曼既气愤又激动，两颊绯红，额头渗出细密的汗珠，嗓音像撕裂了一样沙哑：“我瞎说？我瞎说？云锦书他爸强奸杀人，被人当场抓获，人证物证一样不缺，检察院公诉，法院判决，报纸电视台报道，难道所有人都商量好了，一起编造罪名诬陷他？我告诉你，他爸不仅是罪犯，而且是最让人唾弃的强奸杀人犯。全楚原都知道这件事，云锦书却妄想把我们蒙在鼓里。这样明目张胆地欺骗，这样卑劣的人品，说她有强奸杀人犯的遗传基因，难道还冤枉她了？”李曼像疯了一样歇斯底里。萧山盟忽然感到一阵刺骨的寒意，眼前金星飞舞，耳朵里嗡嗡作响，这个陌生、狂躁、暴戾的女人是谁？李曼并不是第一次对他发火，可是以前远远不及这次猛烈，狂风暴雨劈头盖脸地打来，让他无从招架，无处躲藏。他内心忽然生出深深的恐惧感，为他无力把握的人性反面。

电话忽然响了。

谁都认识来电显示屏上的号码——锦书宿舍楼前的公用电话。三个人的表情像凝固了一样，六道目光都聚焦在电话上，脸上僵硬，内心却在翻江倒海。

萧山盟率先拿起电话，话筒还没凑到嘴边，被李曼劈手夺过去。萧山盟惊愕地低声说："妈，你干什么？"

李曼不理他，对着话筒"喂"一声，听锦书在那边说："阿姨，我和萧山盟约好九点钟在我宿舍楼前见面，现在过去半个多小时还没见到他，我想问问他什么时候从家里出来的？会不会路上有事耽搁了？"

李曼黑着脸，拉长声音说："锦书啊——事情是这样的，我家刚召开一个家庭会议，专门讨论了你和萧山盟的问题，大家一致认为你们俩在一起不大合适。萧山盟让我转告一声，你俩目前还是以学业为重，以后就不要再来往了。"

萧山盟急了，伸手来夺话筒，李曼的一只手插在他胸前，把他推开。

锦书在那边像被雷击一样发蒙："阿姨，您说什么？那什么……"

萧山盟在一米外对着话筒吼："锦书，别听我妈瞎说，她开玩笑的……"

李曼啪地把话筒摔回到座机上。

萧逸也不满她的做法："孩子的事让他们自己商量着解决，你也太简单粗暴了，你让锦书怎么想？怎么承受？"

李曼的脸像白纸一样，没有一丝血色，胸口一起一伏，情绪已经彻底失控："你去问问被她爸伤害的那一家人怎么想？怎么承受？去问问被她勾引的那个校长怎么想？这是道德品质问题，做人底线问题。盟盟没有一点心机，要是继续和她在一起，不知道往后会被她怎么坑，我不能眼睁睁地看着自己的儿子往火坑里跳。"李曼慷慨陈词，坚定地以为真理在她这边。

萧山盟愣了半晌，甩出一句话："我去找她。"快步走到门口。

李曼咬牙切齿地说："今天你要敢出这个门，就永远别回来了。"

萧山盟丝毫没犹豫，拉开门走出去，楼道里隐约传来咚咚咚的下楼声，每一声都敲打在李曼胸口，锥心地痛。

萧山盟没有见到锦书。往后的一个星期，锦书都在刻意避开他。

她把魂丢了。像行尸走肉一样活着。

李曼在电话里说的那几句话，不到一百个字，却像刀子在她心上划过，每一划都渗出血珠子来；又像一顿劈头盖脸的耳光，她脸上火辣辣的，血液却冷冰冰的。

半夜惊醒，她脑海里一片混沌，要挣扎一会儿，才确认自己还活着。然后，会慢慢想起她曾是萧山盟的女朋友，那些浪漫美好温柔的时光，以及李曼的冷脸冷眼冷语和现在的尴尬处境，疼痛起于心底，慢慢弥散开来，遍布四肢，以及五脏六腑。她不敢设想未来。她的人生像被战火摧毁的村庄，寂寞荒凉，断壁残垣，一片狼藉。

她在黑夜里泪流满面。

她想去见见萧山盟，可是她不知道见面该说什么，该怎么做。和他分手？她一千个一万个不愿意。继续在一起？一段不被祝福的恋情，到底能走多远？

她能想象得到萧山盟承受的压力，以及他的迷茫、痛苦和想念，可是她无能为力。快乐可以分享，痛苦必须自己承担。企图用短暂的快乐去麻醉和忘记，换来的只能是更长久的、周而复始的痛苦。

萧山盟给她写来两封厚厚的信，她把它们锁进抽屉里。她知道看了以后，她所有的防线都会在瞬间崩塌，索性不拆不看，她现在必须要硬下心肠来。

她的前二十年人生里，有太多的悲欢离合、阴阳相隔，她都不曾畏惧，勇敢地抬头面对，她承担了太多不该在这个年龄承担的苦难。可是这一次，她感觉心像被掏空了一样，手和脚都软绵绵的，使不出力气。

她被击败了吗？也许她最终会挺过去。可是如果不能和他在一起的话，即使挺过去又有什么意义？

他俩再见面已经是十天以后。

云锦书牵头的景海市大学生医疗救助队在全市大学生中进行心肺复苏术培训，今天恰好轮到景海大学理学院。这是早就安排好的日程，萧山盟一直在心里牢牢记着。

他没有错过这个机会。吃过晚饭，他比预定时间提前半小时来到培训场地。组织这次活动的理学院学生会主席陆琪峰是他的哥们儿，也知道他和锦书的关系，就打趣他，说他是模范男友，不遗余力地给女朋友捧场。萧山盟强打精神和他调侃两句，心里却七上八下，对这次风波能否安全度过没有一点儿把握。

他看见锦书的时候，把握就大了些。锦书躲避着他的目光，却又远远地偷看他。她和他的眼神偶尔相撞，虽然马上匆匆错开，他却已读懂她的惆怅、思念和苦闷。萧山盟并不善于解读女孩子的心理，可是他对锦书的情绪却把握得很准确，他看得出锦书在和他目光相撞的瞬间，心理防线正在溃败。

两个多小时的培训时间，萧山盟落寞地坐在角落里，注意力聚焦在锦书身上，思绪翻滚，对其他的人和事视若无睹，充耳不闻。

陆琪峰对他俩的尴尬处境一无所知，培训结束后非要请他俩到食堂的小餐厅坐坐，说学院给这次活动拨的经费还没用完，不用自掏腰包。

锦书忙说大学生医疗救助队从来都是自备干粮，义务服务，不敢吃服务对象的饭，否则就变了味。萧山盟说理学院的学生经费向来是一分钱掰两半花，这顿饭吃下去，非闹肚子不可。说着话就拉起锦书的手往外走。锦书一怔，当着陆琪峰的面又不好强行挣脱，只好悄悄屈起两根手指，在萧山盟的手腕上揪起一点儿皮肉，狠狠地拧一下，萧山盟吃痛，她趁机把手抽出来。

走出陆琪峰的视线，锦书停下来："我可没说要跟你走。时候不早了，我得回学校去。"

萧山盟说："咱们到前面去坐坐，我有几句话想和你说。"语气里带有强烈的请求意味。

前面是他俩第一次相遇的地方，景海大学主楼，景海市的地标建筑。早春的微寒中，它有些落寞，天空低垂，它瘦削的身躯似乎直插进云朵里。繁华还没来拥抱它，只有稀稀落落的几朵野花陪伴着，像一个丢失了江山社稷和后宫三千佳丽的落拓帝王。它依然骄傲，可是那骄傲里却带着几分酸楚味道。

他们初相遇时，这里正繁花似锦，热浪袭人。一年半的时光，好像飞一样过去，美好的东西总是流逝得太快，甚至来不及伸手挽留，它就从眼前悄悄溜走，留下来的是无穷回味和无尽遗憾；可是又像过去了一生一世。爱情是生命的洗礼，经历过喜悦与忧伤，他们如今褪去了相遇前的青涩，人生初尝沧桑滋味。

锦书独处时还能狠下心来，努力克制想见萧山盟的渴望。

等到真的面对他时，才发现她的决心不堪一击，她甚至板不下脸来，似笑非笑地说：“你想和我说什么？”边说边暗暗骂自己没出息。

萧山盟急吼吼地，一反平日从容稳重的模样：“那天的事你千万别误会，我妈有口无心，你知道她不是那个意思。她……”

锦书打断他：“你别骗我了，也别骗自己，李阿姨的意思就是她说的那个意思，也就是我想的那个意思。那天在饭桌上见到百合的父母，他俩都是大嘴巴，我就预料到我爸的事情是瞒不住的。其实我一直没有刻意隐瞒，我不肯说，就是不想往我爸头上泼脏水，他已经不在了，还要被人指指点点，说三道四，他在九泉下也闭不上眼睛。”这么说着，连日来勉强压抑的心酸和委屈像开闸的洪水一样奔淌出来，她泪如泉涌。

萧山盟想靠近她，替她擦去眼泪。她伸出手臂拦在两人中间，示意他不要过来，自己取出纸巾擦拭。

她清清喉咙，把哽咽声压下去，继续说：“我一直没把这件事想得很严重。萧叔叔和李阿姨都是很开明的人，并不那么在意世俗的眼光，我本来以为他们即使知道了，也会以开明的心态对待，怎么能想到李阿姨这么在意，这么反感，反应这么强烈，简直成了横在我们之间的跨不过去的鸿沟。倒像是我从一开始就蓄意隐瞒和欺骗似的。”

萧山盟也不理解李曼的态度，他一直猜测事态的发展和章百合的煽风点火有关，可李曼并不是耳根子软的人，百合虽然工于心计，未必就有本事左右李曼的思想，所以他对这个猜测也画着一个大大的问号，可这时他必须找到一个让锦书信服的理由：“我妈就是一时转不过弯来，等她气消了，自己安静些日子，也就想通了。她那天的表现太冲动，其实过后她就后悔了。”

锦书撇撇嘴角，表示不信：“别把我当小孩子哄。每个人的观念都是根深蒂固的，要把一个人的想法扳过来，绝不是容易事。李曼阿姨不是不通情理的人，咱俩刚遇见的时候有误会，你们以为我是聋哑人，但她的态度也远远没有现在这样激烈，她允许我俩相处，允许我登你家门，说明她内心是接受的，她对我的态度是宽容的。我当时很庆幸我们的爱情有个与众不同的开端，在一开始就经受了重大考验，如果连这个考验都能够跨过去，以后还有什么风雨不能承受呢？我现在想，李阿姨是一个道德水准很高的人，像珍惜生命一样珍惜自己和家人的名誉，所以尽管她可以不介意你的女朋友有生理缺陷，却十分介意她的家庭有不好的名声。这是我能想到的唯一合理解释。这是她根深蒂固的价值取向，我们没有足够的力量把它扭转过来。”

萧山盟和锦书的思路差不多，他印象里的李曼确实对违法犯罪深恶痛绝，有点疾恶如仇的意思，这与她平和的性格形成鲜明对比，显得突兀。但是，以往他并没怎么往心里去，现在想起来，应该就是这么回事。可是如果因为这个理由和锦书分手，他无论如何也不甘心，在他俩切断联系的这十来天里，他前思后想，却只有一个简单而坚定的念头：无论外界有多大阻力，无论阻力来自谁，只要锦书和他的爱情不变，他俩就要在一起，战胜重重阻力，笑对前路风雨，永永远远厮守在一起。这样想着，他似乎开心了些，阴霾笼罩的心头透进一丝光亮，对未来又充满期待。

他必须把他的决心传递给锦书，才能克服眼前的困难。他要给锦书以力量，也要从锦书身上获得力量，仅凭他一个人不足以应付来自李曼的巨大阻力。他谨慎地、字斟句酌地说："也许你说得对，我妈对你的家庭背景非常介意。可是，我也相信只要我们坚持到底，我妈最终会赞成我们在一起。我妈对你本人并没有一丁点不满意，我爸也一样，他们都很喜欢你，说过你许多好话，说我能找到你是我的福气，他们内心是祝福我们的。我妈现在钻进了牛角尖，一时转不过弯来，她那天在电话里说的是气话，当不得真。你和你爸虽然血脉相连，但是在人格上是独立的，他做的事，不能由你来承担后果，这不公平。他的思想不代表你的思想，他的行为不能左右你的行为，他的人生不该影响你的人生。何况，你确信你爸是被冤枉的，我相信总有真相大白的一天，到时候我们把事实摆在我妈面前，她一定会哑口无言，为她今天的所作所为感到后悔。可是，如果我们不坚持，轻易错过彼此，将会留下终生遗憾。我不想面对这样惨痛的后果，更不愿因为外界阻力，因为一时的困难，就打退堂鼓。在我心目中，你是最宝贵的，我可以放弃许多东西，却绝不可以失去你。这十来天里，没有你的消息，我已经心力交瘁，我知道你也在承受同样的折磨，我需要你给我力量，一起渡过难关。”萧山盟吐露心声，说到动情的地方，泪水润湿眼底。他的目光深邃而真诚，有着撼人心魄的力量。

锦书被他打动了。她内心深处并不想离开他，一千一万个不愿意。她只是对未来没有信心而已。也许她等待的，就是他的承诺，他的坚持，他的一句由衷的告白。他曾经无数次向她袒露心扉，可是现在情况发生变化，他们的爱情面临挑战，或者双赢或者双输的挑战，没有中间灰色地带。他们必须有足够的坚持和智慧，才能涉险过关。

萧山盟的告白让她忐忑的内心安定下来，让她冷却的感情又蓬蓬勃勃地燃烧起来。她想，这样一个男人，这样一份感情，是天赐的礼物，也许终其一生，幸运只眷顾一次，错过了就永不再来，她还有什么可犹豫呢？跟他走吧，不管前路雷奔电闪、艰难坎坷，只要他牵着她的手，就跟他上路吧，有一颗不变的心陪伴左右，即使没有来自父母的祝福，也足够温暖了。她要的本来就不多。

她心里软了，握住他的手，温柔地替他擦拭眼角的泪痕，说：“不要伤心了，你说怎样就怎样吧，我听你的。”撇一撇嘴角，似笑非笑的，有点儿委屈，有点儿开心。

萧山盟的心咚咚狂跳，惊喜若狂，他的眼睛睁得大大的，好像不认识她一样，死死地盯住她的脸，直到她羞涩地低下头，他才吼叫着把她拦腰抱起来，在原地转了好几个圈。

在她记忆中，这是萧山盟唯一一次如此狂狷失态。

不必千言万语，无须百转千回，轻轻的一句“我听你的”，已经袒露心迹，表达了她奉陪到底的决心和勇气。

他们放肆的笑声惊动了躲在灌木丛后面觅食的鸟儿，扑簌簌地振翅飞走。

太阳偏西了，两人还依偎在一起，舍不得离开。阳光很柔和，轻轻巧巧的，好像不忍心打扰到他们的甜蜜时光，一抹明丽的橙黄笼罩大地，把建筑、灌木和行人都涂上一层淡淡的彩色，美丽如在梦中。

他们站在中世纪风格的主楼投下的影子里，沐浴着熏人欲醉的晚风，衣袂飘扬，这使得他们的爱情有了些唯美的古典味道。锦书听见他的心跳，像鼓点儿一样强劲有力，她忽然笑出来，用手语“说”：“我们第一次遇见时就在这里，你和我一直用手语交谈，你向我要通信地址时的表情很好笑，好像下了多大决心似的，敢死队员在冲锋陷阵前可能就是那副表情。”

萧山盟呵呵笑起来，也用手语回应：“求爱和打仗在本质上是一样的，目的都是征服和俘虏对方，一旦不幸败北，结果都是粉身碎骨，所以出征前一定要抱有勇往直前的决心，反映在脸上，就是同样悲壮的表情。”

锦书笑他往自己脸上涂金，又感慨“说”，可惜她的堡垒不够坚固，被他轻易攻陷了，她当初应该多给他一些考验和磨砺，也好细细品味被人追求的过程。

萧山盟非常认真地“说”：“你看这座主楼，在风雨里屹立了这么多年，不仅根基打得结实，外部装饰也仍然华美，多少风雨侵蚀，多少建筑已成废墟，它却还保有原始的模样。幸福的爱情有两种：一种是先有根基，然后层层加高，在毛坯基础上精细打磨，精心修饰，渐趋完美，这是细水长流的日久生情；还有一种是扑面而来的华美，让人透不过气来，一瞬间就缴械投降，而空中楼阁悬浮在云端，虽然美不胜收，却仍需两个人小心呵护，添砖加瓦，以巩固它的根基，这是两心相悦的一见钟情。”

锦书被他唬住了，“说”：“听上去很有道理的样子。”

萧山盟“说”：“对呀，所以你快速沦陷也不必感到遗憾，往后我们有的是时间在空中楼阁底下添砖加瓦，加固地基，就是你好好享受被追求过程的时候了。”

锦书才明白他兜圈子表达的意思，脸唰地红了，不依不饶地“说”：“谁和你一见钟情？你那天的样子傻得要命，如果不是看在你会打手语的分儿上，我才不给你留通信地址。我看你是自作多情吧。”

萧山盟知道她要面子，不和她争辩，只笑嘻嘻地看着她，看得她脸色绯红，作势攥起拳头要打他。

远处的灌木丛中有个人在偷偷看着他们。他们的每一次嬉笑、每一下动作，都在撕扯她的神经。她感觉她的心在滴血。她反复告诉自己要坚强，要耐心等待，萧山盟是爱她的，属于她的，他只是暂时迷失了方向而已。

白衣胜雪的百合呆立在夕阳余晖里，站成一座雕像。

李曼好像从天上掉下来一样突然出现在他和她面前，他俩既惊讶又惊骇，倒像是做了亏心事被抓现行似的。

李曼的头发蓬松散乱，披一件肥大而敝旧的风衣，趿拉着一双条绒布鞋，一反平日妆容整齐的优雅形象，显然出门时匆匆忙忙，没顾得上收拾自己。

萧山盟非常不满，甚至有些恼火，觉得李曼这次是做过头了。她在跟踪他们？监视他们？这种做法不仅侵犯了他的生活空间，也禁锢了他的自由。即使是亲生母亲，这种做法也非常不合适。他的情绪全在语气里表现出来：“妈，您怎么来了？”

李曼也很气恼。她已经下定决心让萧山盟和锦书分手。那天在电话里给锦书下了最后通牒以后，她以为两人会尊重并采纳她的意见。她是一个古典女人，虽然受教育程度不低，但是对男女感情的理解还停留在旧式阶段，她以为父母的意见对恋爱中的男女至关重要，或者说起着决定性作用。她以为女人在爱情中应该是被动接受的，自尊排在第一位。通俗地说，不管女人怎么喜欢一个男人，都不能过于主动，不能“不要脸”。她既然已经明确表达态度，锦书就应该知难而退，不再和萧山盟接触，更不能主动贴上来，要给自己留一点脸——这符合大多数母亲的思路，一段失败的感情，责任一定在于女孩子，和自己儿子无关，这是人类共有的趋利避害心理在母亲身上的表现。

李曼在最近十几天里一直在监控萧山盟的行踪，她也委托章百合协助执行这个任务。她对儿子的表现基本满意，以为他是孝顺、听话、识大体的，通过她苦口婆心的教诲，儿子已经幡然醒悟，慢慢切断和锦书的往来。李曼不大相信世界上有“非你不可”的爱情，她认为两个人的结合是社会环境、家庭背景、教育程度和经济条件的综合考量，她认为自己在对待儿子的恋爱问题上已足够开明，如果锦书没有她的罪犯父亲这一“致命硬伤”，她绝不会狠下心来棒打鸳鸯。

李曼不认为她有分毫错误，真理站在她这边，她迄今所做的一切都有理有据有节，符合一个有道德底线的人、一个理智女人、一个伟大母亲的身份。一言以蔽之，她是为儿子好。

所以，她接到章百合的通知后紧急赶到“现场”，见萧山盟和锦书没有一星半点分手的迹象，反而你侬我侬，比从前更加亲热。这让她有种不期待的疼痛，怒气全写在脸上，对萧山盟的问话毫不理睬——她主观认定这是锦书的错，一个上高中时就敢勾引校长的女生，一个家庭背景复杂的心机女生，萧山盟怎么可能是她的对手，注定要被她玩弄于股掌间。

她的语气不容置疑：“锦书你过来，我有几句话对你说。”

锦书的脸白了，惨淡的白，没有一丝血色。她想这应该就是决战了。无论战局怎样发展，她都没有获胜机会，她终将失去她的爱人，即使赢得他的心，也无法赢得他的人。她的心坠入万丈深渊。面对李曼的咄咄逼人，她竟说不出话来。

萧山盟也意识到局势的紧绷，如箭在弦上，一触即发，这关头如果稍有退让，就会让李曼误以为有隙可乘，无休止地穷追猛打。他必须让她明白，他和锦书的感情水泼不进，刀砍不断，让她彻底断了插手的念头。必要时，即使伤了李曼的感情也在所不惜，毕竟他们是母子，日后有的是时间和机会来修补，而一旦和锦书分手，再要把她找回来可就难上加难了，所以，他一开口也没好气："妈，有话就在这里说，需要背着我吗？"

这是他有生以来第一次用这种语气和李曼说话，以前即使在愤怒的情况下也不曾有过，所以她立刻就敏感地察觉到了，儿子的语气里有敌意，有宣战，有和锦书统一战线的意味，这让她更加光火。事情已经到了这个地步，索性就撕破脸吧，搞得难看也顾不上了，于是她不理睬萧山盟，疾言厉色地质问锦书："那天我已经在电话里表明态度，我们两家门不当户不对，萧山盟和你也不般配，所以不希望你们再处下去。今天我就想听到一个明确回答，你到底同不同意分手？"

萧山盟不假思索地："不同意。"他低声吼出这句话，情绪激动，血液涌到头上来，脸庞红彤彤的，脖子上筋脉凸起。

锦书仍幻想着挽回局面。虽然李曼的傲慢和骄横让她愤怒，但她不想逞一时意气和她争夺高下，为了和萧山盟有一个好的结果，她愿意放低姿态，息事宁人。如果必须要苦苦哀求，在万不得已时，她也可以忍受屈辱去做。这是一份巨大的压力，没有任何逃避的余地和借口，她必须替萧山盟分担一半。她拼命压抑着心脏的狂跳，克制几乎要喷薄而出的怒火，把涌到眼底的泪水逼回去，尽量用平和的语气说：“阿姨，我和萧山盟今天碰面的目的，就是讨论这个问题，结论是我俩没有必须分手的理由。您所说的问题都现实存在，我不否认，也不回避，但这些问题不是不能克服的，我俩都有充分的准备和足够的勇气，去跨越所有现实的障碍。人一生中遇到一个相爱的人不容易，遇上了就不要轻易分手，因为一旦错过，也许就是终生遗憾。我和萧山盟是真心相爱的，虽然时间还不长，但我们共同经历了许多考验，这坚定了我们的信心，既有对对方的信心，也有对自己的信心。阿姨，我恳求您，给我们一个机会，不管前方是坦途也好，是悬崖也好，都让我们自己去经历。”锦书是内敛的人，极少向别人吐露心声，现在情真意切地说出这番话，几乎使出全身力气，她眼睛里闪烁着晶莹的泪光。

萧山盟从心底里感激锦书能说出这几句话。以她绵里藏针的个性，在咄咄逼人的李曼面前，仍然肯低下头来，心平气和地向李曼诉说她的真情、承诺、期许、恳求，已经足以说明她对这段感情的珍惜程度，她愿意为他们的未来付出所有，甚至抛开自尊。她把话说得很透彻，李曼如果用心，一定会听进去，所以他及时补充一句：“妈，锦书说的，也是我的心里话。”

两人的真诚并未打动李曼，事实上，锦书说的话她一个字也没听进去。她不爱听，也不想听，她今天撕破了脸皮来和锦书见面，目的就是逼她许诺不再和萧山盟接触。她像走火入魔一样，任何理性的解释、深情的诉说，在她这儿都是无效的。他俩越心往一处想劲往一处使，她就越恼火。她的心门是铁铸的，水泼不进，火烧不化。

李曼看也不看萧山盟，只盯着锦书穷追猛打："锦书，我也恳求你，给萧山盟一个机会，让他能挺起腰杆来做人。我和你萧叔把他拉扯大不容易，我不盼他有多大出息，不求他人前显贵，只想他一生平平安安、堂堂正正。他从出生起就住在景海大学的大院里，老教职工们没有几个不认识他的，如果他以后走在路上，要被人在背后指指点点、说三道四，那可比杀了我还难受。"李曼为达目的，把话说得非常难听，甚至故意歪着说，好像萧山盟和锦书在一起，以后在人前再也抬不起头来，暗指锦书是一个行为不检、名声败坏的女人，这比指着她的鼻尖骂街更加羞辱。

萧山盟气得叫出来："妈，你胡说什么？简直不可理喻。"他不忍心看着锦书受辱，拉起她的手转身就走。

锦书趔趔趄趄地跟他走两步，又站住了。她的脸更加白了，像白炽光下的宣纸，白得发青。她的眼睛血红，那是十滴泪汇成一滴血，都凝结在眼底。她的双手微微发抖，如果对方不是李曼，她一定已经撕碎了她。

她的喉咙发干，像着了火一样难受，咽一口唾沫，唾沫却是火辣辣的，蜇得嗓子疼。她的目光犀利，正面迎接李曼的目光，不闪躲也不回避，她不愿意继续示弱：“李阿姨，我们看待事物的角度不同，有些事情可能谈不拢，但我仍想说出自己的想法，您能够接受最好，如果不能接受，就当成聆听生活的另外一种声音吧。如果这声音非常刺耳，我先向您道歉。第一，我不认为萧山盟是您的私有财产，您无权替他决定感情生活，他喜欢谁，不喜欢谁，喜欢和谁在一起，只有他自己最清楚，他有权利做出选择，也只有他自己，能为他的人生负责。第二，我父亲没有犯罪，他活着时是一个干干净净的人，顶天立地的人，他一直是我的英雄，从前是，现在是，将来也是，相信总有一天，法律会还他清白。第三，我不是坏女人。萧山盟确实非常优秀，我有时会担心追不上他的步伐，但他能够无视我的许多缺点，坚定地和我在一起，我从内心深处感谢他、珍惜他。我的人品没有任何亏欠，在人前，我能做到谨言慎行，在人后，我常常审视内心，这是我唯一感到自豪的地方，任何时候，面对任何人，我都敢说我问心无愧。当然，人不是活在真空里，这是一个纷乱复杂的世界，每个人都在被外界猜测、评判、下定义，有人明智客观，有人被蒙蔽双眼，也有人故意歪曲事实。对同一个人、同一件事，可能有截然不同的说法，任何偏听偏信，都将扭曲真相。所以，我们每个人都需要一个伴侣，气味相投，抱团取暖，任何情况下都不离不弃。”她的泪水终于失控，顺着脸颊流下来，她微微侧过头，不让李曼直视她哭泣的样子，“萧山盟就是我今生认定的那个人，请您成全我们，我会爱他胜过爱我自己，珍惜他，心疼他，关怀他。我请求您，至少再给我们一点时间来证明自己，别让我们留下永远的遗憾。”

李曼丝毫不为所动。锦书的陈词在逐条挑战她先入为主的成见，这只能让她的怒火更加炽盛。难道公安机关的侦查、法院的判决、媒体的跟踪报道、掷地有声的人证物证，都在冤枉你？全世界都商量好了要跟你过不去？你大嘴一张，就把自己洗得干干净净，还要法律干什么？何况，你本身还背着一个见不得光的处分，让你的人品和诚信都大打折扣的处分。锦书说得越诚恳，她就越反感，她认定这是一场诡辩，一次完美的表演，一个心机深沉的女孩子的软硬兼施。萧山盟鬼迷心窍，已彻底失去理智，她必须擦亮双眼，否则一家老小就会被她玩弄于股掌间。

李曼不想再和她多费口舌，摇摇头说：“萧山盟配不上你，你高抬贵手放过他，去找比他更适合你的人吧。”又向萧山盟招招手，“你和我回家去，以后你俩各走各的路，没必要再见面了。本来就是两个世界的人，何必硬往一块儿挤呢？伤人又伤己。”

萧山盟见她软硬不吃，铁了心地非要拆散他们，急得要哭了：“妈，您怎么就认死理儿呢？这事怎么就翻不过去了呢？您和我爸都说过，咱家家庭气氛民主，对我的人生重要大事，你们尊重我的选择，只提建议，不做决定。您自己说过的话怎么转头就忘了呢？怎么能不算数呢？”

他一连串的反问让李曼张口结舌，既尴尬又恼火，脱口而出："让我尊重你的选择，也得看具体情况。你要是非喜欢一个强奸杀人犯的女儿，我不能眼睁睁地看着你往火坑里跳。"

她话音未落，锦书转身就跑，那急切的样子，似乎再不愿和李曼多说一句话。

萧山盟见局势失控，对李曼怒吼："妈，您真让我失望。"抬脚要去追赶锦书。

李曼终于说出哽在嗓子眼儿里的"强奸杀人犯"几个字后，身心舒畅，情绪异常亢奋，血液呼呼地往脑子上涌，全身轻飘飘的，似乎身体和理智都消失了，全由情绪主宰。她见萧山盟作势要去追赶锦书，咬牙切齿地说："让她去吧。今天你要敢去追她，就不要再认我这个妈。有她没我，有我没她！"她的声音凄厉，透着股"豁出去"的狠劲。

萧山盟有一刻被她吓住了，他最爱的两个女人真刀实剑地过招，不管他选择哪一方，另一方都会伤透心。李曼的性格脆弱，经不起打击，而锦书却柔中有刚，更加坚韧，在眼前这种极端状况下，似乎理应留下来陪妈妈，过后再去安慰锦书，可锦书又是被伤害更深的一方，她的心被狠狠地割了一刀，血液还在不断地淌出来，眼下比李曼更需要陪伴。

他犹豫片刻，咬牙说："妈，您先回家，我不能失去锦书。"

李曼用力一跺脚，脸色比煮熟的虾壳还红："滚，你给我滚，永远不要再回来。"

萧山盟看她一眼，像在看一个陌生人，他很快转身，往锦书离开的方向追过去。

他没找到锦书。

他从主楼一直追到大门外的公交车站，以为锦书可能在那里等回学校的公交车。现在是下班的高峰期，车站上挤满了人，可是锦书不在其中。

他在那里呆呆地等了半个小时，三辆公交车先后开过去，还没看见她。他心急如焚，下一辆公交车开来时，他跟着人群上了车。

到景海医科大学时已经快七点了，过了晚饭时间，宿舍楼里冷冷清清。看门的宿管阿姨尽职尽责，把萧山盟拦在门口，不许他越雷池一步。萧山盟好说歹说，宿管阿姨同意帮他打电话找人。她把听筒压在耳朵上，紧皱眉头，在那个古朴的拨号话机上鼓捣半天，然后向萧山盟双手一摊，做了个很洋派的耸肩动作，意思是锦书的宿舍没人接电话，她爱莫能助。

萧山盟无奈，在宿舍楼外找个能看见大门口、又不显眼的位置藏着，如果锦书从外面回来，他马上就能看见。好在女生宿舍楼外每天黄昏前后都有不少男生守着，他呆呆地站在那里，并不怎么引人注意。

一直等到天色全黑，一轮残月出现在头顶，几颗稀稀落落的星星守在它周围，有气无力地闪烁着。他有七八个小时没吃东西，没喝水，加上情绪大起大落，全身像被掏空了似的，没有一分力气。想找个地方坐下来，又觉得在女生宿舍楼外大模大样地席地而坐，终究不雅观，就咬牙挺着。

又过去将近一个小时，女生们陆续返回宿舍，有人往他这个方向瞟过来。萧山盟感到不好意思，就尽量往灯光照不到的角落里躲，但是眼睛却一直紧盯着大门口。

有一个女生向他走过来。走到身前几步远时，他认出来，她是锦书的下铺，好像叫徐什么洁。她走到他跟前，面无表情地问：“萧山盟？”

他机械地点头：“啊？！”

“锦书半小时前就回宿舍了，没事，挺好的，她不想下来，让我告诉你一声，别等了，走吧。”她好像不大喜欢萧山盟，冷冰冰地说完，转身就走。

萧山盟想问几句话，冲着女孩的背影张张嘴，没发出声音。

他懊恼得想扇自己耳光。一直不错眼珠地盯着门口，怎么就没看见锦书进去呢？难道她隐身了？或者这栋宿舍楼还有别的入口？如果能在门外拦住她，说上几句话，趁着裂痕新鲜时及时补救，或许还可以少绕些弯路。过几天等伤口结了痂，再想重修旧好，不知要花费多少力气，而且他也怕了锦书的脾气，她执拗起来，九牛二虎也拉不回，他只有认输投降的份儿。所以说女人没有主见固然不好，太有主见也让男人挠头。

萧山盟一路想一路懊恼。好在运气还没坏到家，赶上了最后一班公交车。

走进景海大学时，已经是夜里十一点。

校园里出奇地静。

走进家门，房里的灯亮着，却没有人。饭桌上有两盘菜，还没动过，但看上去冷冰冰的，已经放了很长时间。

两个人干什么去了？萧山盟在房间里看一圈，没有找到字条，就不再操心，实在渴得很了，倒一杯水，坐到沙发上，一口气喝干。

电话铃忽然响起来，有些刺耳，他侧过身子看着那台枣红色的拨号电话机，好像在打量一个怪物。铃声响过三遍后他才拿起听筒，那边竟是章百合的声音："你终于接电话了。我已经打了十几遍。干妈病了，在省人民医院一楼急诊室，你快打车过来。"

"我妈怎么了？"萧山盟心里咯噔一下。

"没事，已经脱离危险了，你别担心，过来就知道了。"章百合不愿意在电话里多说。

"那我这就过去。"听那边说"已经脱离危险了"，萧山盟乱了阵脚，放下听筒，趿拉着鞋子就往楼下跑。

省人民医院离景海大学只有十分钟车程，但萧山盟心急火燎的，恨不得出租车可以飞起来。

小跑着进到急诊室里面，远远看见萧逸的背影，正随着一帮人往电梯方向走。他忙追过去，见有两个护工模样的人推着一张活动病床，李曼躺在上面，闭着眼睛。萧逸和百合一左一右守在旁边。

萧山盟凑到萧逸身边，低声问："爸，我妈怎么了？"

萧逸倒很镇定："你妈呛水了，已经抢救过来，没事了。现在从急诊转到病房，留院观察两天。"他像往常一样，不多说话，既没责怪萧山盟怎么这样晚才来，也没追问今天下午发生了什么。他的态度让萧山盟稍稍安心些。

萧山盟凑近观察李曼的脸色，苍白中泛着些淡淡的红晕，他似乎看见她的眼珠在紧闭的眼皮下轻轻滚动，他怀疑她的意识清醒，也知道他来了，只是故意不理他。

他想不通百合怎么会在这里，却顾不上问，护送担架进了病房，安顿好，李曼还没睁开眼睛。

萧逸说："你妈睡了，我今晚也睡在这里，你俩回学校吧，明天还有课，别为这事耽误了上课。"

萧山盟不想走："到底是怎么回事？我妈伤得重不重？"

萧逸勉强笑一笑，以示轻松："你都看见了，没有伤，就是身体虚弱，休息两天就好了。你们待在这里也没用，而且没有地方，回学校去休息吧。关于事情的经过，百合会告诉你。今天的事，多亏了百合，我们怎么感谢她都不为过。"

萧山盟带着疑问看一眼百合，她郑重地点点头。

百合在回学校的路上给萧山盟讲了事发经过。

今天黄昏时分，百合在景海大学旁的东湖公园里见到李曼。当时李曼看上去失魂落魄的，沿着东湖边漫无目的地游荡。百合在湖对面认出她，就大声喊，她像压根儿没听见，或者听见了不肯答应。百合怕她出什么事，偏偏东湖上又没有桥，只能沿着湖边绕过去，她急三火四地跑，才跑到一半，就看见李曼纵身一跃，跳进了湖里。

萧山盟听到这里，惊出了一身冷汗。他知道李曼不会游泳，而东湖的水有三四米深，几乎每年都有游人淹死。李曼跳进水里，就是寻死去了。他又惊又愧，想不到下午的一场争吵，竟然让李曼厌世轻生。虽然明知李曼现在已经脱离危险，他还是感到后怕，全身的汗毛都竖了起来，不明白李曼怎么会这样脆弱而偏激。他们母子朝夕相处，但从前没在一起经历过大事，萧山盟并不了解她走极端的个性。这次万一她有个三长两短，这个家就散了，而且萧山盟就算不自杀谢罪，以后也会在无尽的自责中度过一生。

百合接着说，她看见李曼跳湖，吓得魂飞魄散，一边嘶喊着救人，一边拼命往湖对岸跑，连衣服都没顾上脱，就跳进湖里去救李曼，好在她从小就练习游泳，水性不错，加上公园里的几个游人听到叫喊，也赶过来帮忙，大家连拖带拽，把李曼救上岸，有人叫了急救车，把她送到省人民医院。

萧山盟才注意到百合身上的衣服和长发梢还有点潮湿。她不好意思地用手指梳梳头发，说：“没来得及换衣服，在医院里烘了一会儿，没干透。”

萧山盟心有余悸，不知道要怎么感谢她才好：“今天多亏了你，你是我妈的救命恩人，也是我全家的救命恩人。”

百合意味深长地：“她也是我妈。”这话似乎挑不出毛病，可他还是有些不习惯，身上起了一层鸡皮疙瘩。

如果萧山盟知道是章百合向李曼通风报信，然后藏在灌木丛里目睹了下午那场风波的全过程，并且远远地跟着李曼走进东湖公园，远远地看见她跳进湖里，才大喊大叫地跑过去救人，他会怎么想?

他把她送到女生宿舍门外时，已经是凌晨两点多钟，铁将军把门，值班室里一片漆黑。两人趴在窗户上喊了半天，里面悄无声息，宿管阿姨铁了心地不给开门。

萧山盟犹豫半天才说出来：“要不你到我家去睡吧。你身上衣服还没干透，可别冻感冒了。”他虽然觉得别扭，可是百合才救了李曼的命，是他家的大恩人，现在形势所迫，请她去家里休息也不算过分。

百合想想说：“也行，反正睡三四个小时天就亮了，我顺便帮干妈收拾点东西，给她送到医院去。”

李曼两天后出院。身体无恙。

锦书一直没和萧山盟见面。他每天给她写一封信，她都没有回。

两个月后，在萧山盟的苦苦要求下，锦书终于答应再和他见一面。

她憔悴了。她一直都瘦，现在更瘦，有点儿脱相了，身上衣服松垮垮的。眼睛很大，但没有神采，皮肤暗淡，头发随随便便地一挽。嘴唇皴了，虽然涂了唇油，却盖不住枯萎的底色。

萧山盟想说点什么，却没说出来，哭了。

锦书撇撇嘴角，笑笑说："没出息，哭什么？"

他走近一步，想握她的手。锦书把手藏到背后："快放暑假了。你报名考研了吗？"

他说："没报名，学院保送了。"又说，"你呢？考研还是等分配？"

她说："恭喜啊。我还没想好，随遇而安吧。"

他鼓起勇气说："我希望你能考本校的研究生，或者在景海找工作。我爸有个朋友，在省医院……"

她打断他说："无论考研还是找工作，我都不会继续留在景海。"

虽然早有准备，这个回答还是让他心里冰凉。萧山盟本来还抱有一线希望，如果她能继续留在景海，往后李曼或者能够慢慢地回心转意，而他们或者还有机会重新在一起，现在这希望的肥皂泡刚冒头，就被她无情地戳碎了。

她向他确认："我们结束了。"眼泪一下子就涌出来，忙转过头去，"我本来已经好了，你又来惹我，非见最后一面干什么？”

他慌了：“谁说是最后一面？”

她说：“我说的，我不能为自己做主吗？我以后不会再见你了，你也不要来见我，不要写信，不要打电话。什么都不要做，继续你自己的生活。我和你，结束了。”她做了个手语动作以强化语气，“结束了。”

他脑袋发蒙：“就算不是恋人，我们还可以做朋友，普通朋友，有空时在一起坐坐，聊聊天，不行吗？”

她说：“不行。我们可以做朋友，放在心里的朋友，但是不要再见面了。每见一次，就是把心里的痂揭开，再体会一次锥心的疼痛。我怕了，也累了。从今天起，我们就各走各的路，我知道这世界上有你，就够了，不必知道你在哪条路上。”

他不甘心：“其实，我妈这几天的语气好像有些松动……”

她扬起手，把他的话堵回去：“别提她，你要是还想再好好说几句话，就别提她。”

他忙说：“好，我不提。我是说，怎么就再也不见了呢？这对我来说太残忍了。你就在那里，我坐一个小时公交车就到，怎么能说不见就不见了呢？”他的语气近乎乞求。他实在硬气不起来，有李曼横亘在他们之间，他连说爱的资格都没有。他也知道如果继续见面，只能让两人痛苦加深，而结局不知会多么难看，多么凄凉，谁也没法预料。以前他可以自信地对她说，跟我走吧，我会给你幸福快乐。现在他带给她的，只有羞辱和难过。

她摇摇头："我知道，对你有多残忍，对我就有多残忍。上帝本来就是残忍的，我现在慢慢习惯了，你终于也会习惯的。我走了。"

他泪流满面："不，你别走。"

她轻轻挥手："求你，别再来找我。忘了我吧。"

他呆呆地站在那里，目送她渐行渐远。直到她飘逸的长裙子，像一只美丽的蝴蝶般在风中跳舞。

他们再没见过面。

十　四

毕业前夕，锦书又坐到刻着那首小诗的桌子旁。它还在那里，可是刻痕浅了，模糊了：

我不敢说爱你
我怕我说了
会立刻死去

我不怕死
我怕我死了
再没有人像我这样爱你

在它底下，又有人刻了一首小诗：

世界上最远的距离
是爱到痴迷
却不能说我爱你

世界上最远的距离
不是不能说我爱你
而是想你痛彻心脾
却只能深埋心底

锦书一读再读，往事像黑白电影一样，一幕幕在记忆里回放，她微笑着流泪，流着泪微笑。

再见，景海；再见，爱人。

十　五

一别二十年。再见面时，他们已经人到中年。各自的婚姻兜了一圈，又回到原点，奇迹般地重逢在吉隆坡国际机场，这又是命运的刻意安排?

“你没变，和上学那会儿一样。”萧山盟感慨地说。锦书虽然容颜成熟了，举止比年轻时更从容，但偶尔的一个小动作、调皮的眼神，仍然旧时模样。

锦书说：“你的两鬓有白头发了，工作辛苦吧？”

萧山盟下意识地摸摸鬓角：“还好，在学校工作，压力不是特别大，节奏也不那么快。我的白头发可能和熬夜有关。我喜欢夜里工作，不管读书还是写作，要过了午夜才有灵感，所以习惯了凌晨三四点入睡，白发就这么滋生出来了。”

锦书关切地说："熬夜最伤人了。什么午夜后才有灵感，都是放纵自己的借口。要是我……"她想说"要是我和你在一起，一定给你扳过来"，话说一半才发现不妥，硬憋回去，脸色通红，扭头看着窗外。

萧山盟最懂她的心思，看她的样子就猜到她想说什么，可他不敢像恋爱时那样插科打诨，怕她又羞又恼，不理他。他忽然想这患得患失的心情倒像是刚开始追求她的那段时光，甜蜜而美好。如果一切能够重来一遍，那该多好。这么多年的苦，也值了。

锦书到底避不开一个话题："你和章百合……离婚了？"狠心问出这句话，往事嘈杂，百般况味，都涌到心头来。

萧山盟一直没向她提起他的妻子是谁，所以当她直接说出章百合的名字，他稍感意外，想她毕竟还是通过什么渠道打听到他的情况。不过又想她和章百合是高中同学，她想不知道她的消息也不大可能。

萧山盟在二十九岁那年和章百合结婚。这似乎是一件水到渠成的事，百合的执着和多年守候，父母的支持和推动，他像一具被牵线的木偶，任由安排。线头掌握在李曼手里，这个不惜以付出生命为代价来控制他生活的女人——他的母亲。

结婚那天，他并不感到快乐，心里空荡荡的，有点儿遗憾、惶恐、悲凉。他不断地想起锦书，她在哪里？她披上了婚纱吗？她嫁给谁了？她过得好吗？她也在想着他吗？

满堂宾客，觥筹交错，恍惚而遥远。

原来结婚是这样的。不知道有多少人的婚姻和我一样，他想。

锦书的提问把他从遐想中抽离出来。“离婚了，在她入狱前就已经感情破裂，协议离婚了，孩子跟我。”他说，“百合入狱的事你知道吧？”

锦书点点头，表示她知道：“听人说是金融诈骗？”

萧山盟说：“是。她硕士毕业后进入一家股份制银行工作，好像干得不错，几年时间就提升到中层管理人员。那时她花钱很豪气，但是从没对我说过真实收入，我也没怎么过问。我们有了萧谅后，矛盾开始升级，她整天忙着外出应酬，基本不管孩子，除了给钱以外，经常几天跟孩子说不上一句话。我妈对她意见很大，说她也不听。我们离婚的前一年她忽然暴富，花钱以十万、百万为单位，我想她非法揽储可能就是从那时开始的。当时她的消费水平远远超出我们的财力，我爸我妈都开始担心，轮流和她谈话。她正是春风得意的时候，哪听得进去，一家人吵得不可开交。后来她索性不回家了，据说她名下有好几处房产，都不知道她在哪里过夜。是我提出来的离婚，她爽快地答应了。夫妻共同财产和孩子她都不要，她净身出户。再后来就听说她出事了，非法揽储，数额巨大，判了十二年有期徒刑。那个案子牵扯到她的十几个同事，是一起窝案，当时在景海很轰动。”

锦书感慨说：“章百合很聪明，做事又有手腕，如果用在正地方，一定会有所成就。这一步走错，不仅害了自己，对孩子也有很坏的影响。”

萧山盟苦笑：“孩子跟妈妈没什么感情，从来不提不念的，他很懂事，善良憨厚，倒没受到什么不好的影响。我妈在世时偶尔会念叨，苦了孩子。其实她……后来对拆散我们感到挺后悔的，她亲口对我说过。”

锦书不想和他谈论这个话题，低眉垂目的，没接茬儿。

但萧山盟以为他有必要把李曼的态度告诉锦书。就算是迟来的道歉吧，或者心灵的慰藉，都应该让她知道。

十　六

李曼在五年前临终弥留之际，因病痛折磨，瘦得脱了相，两腮深陷，颧骨突起，眼睛大而空洞，身体虚弱不堪。但她的思路仍然清晰，一生际遇一幕幕在脑海里回放，却好像总有什么心事未了，让她不肯撒手离去。

那天黄昏，她躺在病床上，勉强喝了两口鸡汤，脸上现出几分血色，也似乎有了些力气，竟打起精神和萧山盟长谈近半个小时，内容全是关于云锦书。

李曼握着他的手，浑浊的眼中挂着两滴晶莹的泪："妈知道你心里苦，一直没忘了锦书。现在也三十好几了，还离了婚，一个人带着谅谅，不容易。锦书是个好孩子，妈这两年才慢慢想明白，也许她才是你的良配，当年妈非要把你们拆开，是妈错了。"

萧山盟见李曼形销骨立，说话时气息不济，不忍心听她忏悔，便说："妈，我知道了，您歇着吧。婚姻大事说到底是一个缘字，我和她缘分没到，不怪别人。"

其实萧山盟因为锦书的事，多年来一直对李曼耿耿于怀，似乎母子情谊都有了嫌隙。可是现在李曼病重弥留，他心里酸楚，不想纠缠往事。

李曼喘着气说："这件事是你心里的一个结……让妈说完，不然妈死了也不闭眼。妈起初赞成你和锦书好，背后跟你爸夸你有眼光，找了个又漂亮又重感情的女朋友。尤其……是她那时以为你是聋哑人，也没嫌弃，还愿意跟着你，这份情意可了不起，一万个女孩子里也找不出一个这样的来……"她说累了，闭上眼睛，喘一会儿气，又说，"妈后来看走眼了，撮合你和百合，是妈的错……妈一时糊涂，贪图百合的家境好，以为对你以后的发展有帮助……哪想到你们的日子会过成这样。找对象，还是要把人品放在第一位。

"虽然你不说，妈知道你这些年一直都在怪妈的心眼小、不容人……怎么说呢，每个人都有死穴，锦书父亲犯的事，就是妈的死穴。我这些日子病得越来越重，脑子反而清亮了，渐渐想明白，可能那时候我太钻牛角尖了……如果能换个角度想想，也许你们的一生都会不一样。

"妈要走了，这辈子除了这件事，没有别的遗憾。你爸疼了我一辈子，啥事都让着我，他看着像个没主意的人，其实……

心里比谁都明白，他把我宠坏了。跟他过一辈子，妈知足……你呢，更不用说，有事业，有担当，是个堂堂正正的男子汉……妈没有什么放心不下的。

“以后你要是有机会见到锦书，替我跟她说一句对不起。”

她颤巍巍地伸出手，要抚摸萧山盟的面颊，他忙凑过去，把她的双手按在自己脸上。她的手瘦骨嶙峋，干硬冰冷。

她终于露出微笑。

当天晚上，她和萧逸在病房里嘁嘁喳喳了好久，直到累得扛不住，才沉沉睡去。没有人知道他们说了些什么，只知道她入睡时带着心满意足的笑容，原本蜡黄的脸上，竟然惹上一抹少女般动人的粉红色。

她再也没有醒来。

十　七

锦书听他复述李曼的临终遗言，呆坐了半晌。二十年，恍如一梦。随缘聚散，生离死别，全不由她左右。

一句对不起，往事烟消云散。

正伤感着，郝大来忽然不知从哪里冒出来，把两个山竹放在萧山盟面前的桌子上，向他做了个感谢的手势。郝大来长得很有喜感，个子不高，皮肤黝黑，牙齿却白得发亮，笑起来的样子如阳光般灿烂。锦书看见他就想笑，这使得沉重的气氛多少得到些缓和。

萧山盟把山竹推回到郝大来跟前，“说”帮助人是应该的，不用特意感谢，说不定他俩还要乘同一趟班机，如果郝大来有事需要和别人沟通，还可以找他翻译。

锦书自告奋勇“说”：“找我也可以。”

郝大来见锦书也会打手语，瞪大眼睛，“说”：“你也在等下一趟航班？”

锦书“说”：“咱们三个情况差不多，都在等改签，运气好的话，我们会坐同一趟航班。”

郝大来“说”：“你是他女朋友吗？”指一指萧山盟。

锦书做个否定的手势：“以前是，现在不是。”

郝大来像瞅怪物似的瞅着萧山盟：“这么好的女朋友你也舍得不要？”

萧山盟“说”：“是她不要我的。”

郝大来想想，觉得局面太复杂，他搞不清楚，就不再过问他俩的私事，把山竹重新分配，一人面前放一个，“说”登机前一定要吃掉，否则带水果过海关，会被罚款。

锦书说她最喜欢吃山竹，谢谢他。

郝大来很开心，对萧山盟“说”：“她比你真实。”

锦书哈哈大笑。萧山盟有点儿尴尬，忙自我检讨，承认他说得对。

郝大来向他们竖起两根大拇指，走了。

锦书把山竹剥开，放一瓣在嘴里，酸酸甜甜的，清凉可口。

萧山盟打趣她：“吉隆坡最出名的两种水果，一是山竹，一是榴梿。还好他没买两个榴梿。”

锦书吐出果核说：“显然你不是吃货。吉隆坡的榴梿个头小，味道没那么重，马来人都当零食吃。我前年带七婶来吉隆坡玩儿，她最喜欢吃一种叫竹脚的榴梿，味道苦甜苦甜的，她每天必吃一个。”

萧山盟说：“七婶身体还好？我几年前路过曲水，去看她，她的老房子动迁了，没找到。”

锦书听他说去找过七婶，心里一动，表面却装作没在意地说：“早不在那儿住了。老人家七十几岁了，腿脚利索，一口气走出几里路不用歇。”又说，“好人有好报。如果不是因为她，我爸的案子也翻不过来。”

萧山盟又惊又喜：“你爸的冤情洗清了？”

虽然已过去几年时间，锦书提起这件事仍有些激动：“彻底洗清了。真凶伏法，我爸恢复名誉，恢复公职，补发了工资，还得到一笔政府赔偿。他在另一个世界终于可以安心睡去了。”

萧山盟兴奋得直搓手：“苦心人天不负，你到底等到了这一天。”如果不是在大庭广众之下，他真想拍案而起，大叫一声“痛快”，吐出胸中块垒。他的激动程度丝毫不亚于锦书，她的痛苦就是他的痛苦，她的快乐就是他的快乐，她的心事就是他的心事。虽然没有在一起，虽然没有联络，他们的心却始终同此凉热。

十　八

二十七年前的春天，锦书的父亲，楚原市肿瘤医院外科主任云长秋，在下班路上，遭遇到颠覆他一生的劫难。

他那天刚做完一台大手术，晚上八点多钟下班回家，为省点时间，他骑车拐进一条毗邻公园的小路。这条路上没有路灯，又紧挨着公园里的灌木丛，幽暗阴森，平时他下班晚了，宁肯多骑几分钟，也不拐到这条路上来。那天刚好是他妻子的生日，全家等着他一起吃晚饭，月光又明亮，他鬼使神差地抄了近道。

骑到中途，借着月光，他看见路边躺着一个人，一动不动，凭身上衣服判断，应该是个女人。他放缓车速，看看前后左右，没有其他人。他犹豫了一会儿，到底该不该管。管了怕说不清楚，不管又是一条人命。稍加考虑，他还是下了车子。

那女人仰面朝天躺着，穿戴整齐，服饰时髦，看面相二十几岁。身上没有外伤。他试试她的鼻息，又摸摸颈部动脉，还有生命迹象，短时间内无法确定深度昏迷原因。他在她胸部按压三十下，又掰开她嘴巴，深吸一口气，然后把气息送到她嘴里，直到她的胸膛高高鼓起来。

忽然有人重重一脚踹在他身上，接着就是一阵疾风暴雨似的拳打脚踢。他猝不及防，没有机会解释也无力反抗，只能尽量护住头部，蜷起身体，任由对方拼命踢打，浑身上下像撕裂般疼痛。也不知苦挨了多久，一只穿着短军靴的脚忽然重重地踹到他太阳穴上，刹那间天旋地转，眼前金星乱舞，他失去了意识。

醒来时是在医院的病床上。来苏水的刺鼻味道，白晃晃的墙壁和床单，他再熟悉不过，不同的是，这次他不是医生，是病人。

“断了三根肋骨，轻微脑震荡，多处软组织损伤。”他听见有人这样说。

是在说我吗？我怎么会伤得这样严重？他试着抬头看看自己的伤势，才发现轻轻一动，身上就锥心地疼，根本无法判断伤在哪里。

“你们看好了，这人是强奸杀人嫌疑犯，必须时时刻刻有人盯着，不能出一点儿差错，明白吗？”有人厉声说。

强奸杀人嫌疑犯？就是打我的那个人吗？已经抓到了，太好了。等等，怎么我戴着手铐和脚镣？这是怎么回事？谁给我戴上的？你们弄错了。哎哟，他稍一挣扎，剧痛入骨。

有一个身穿白大褂、说不清是医生还是护士的中年女人发现他醒过来，听见他呻吟，手脚麻利地给他打一支止痛针，扭头对着门外喊："人醒了，可以问话了。"

门被推开，进来两个虎背熊腰的男人，一个五十岁出头，脸上皱纹套套叠叠，像老树皮一样；一个二十多岁，脸色苍白，眼睛没睡醒似的眯缝着，好像个病秧子。两人都穿着厚底警靴，踢踢踏踏地走到病床前，大剌剌地坐下。年轻人拿出纸和笔，说他们是楚原市刑警队的，要他如实交代强奸杀害受害人的过程。

"什么？"震惊让他暂时忘记了疼痛，他强撑着抬起头来，"我没杀人，我是在救人，我下班回家，看见她躺在地上，我……那女的还有呼吸，救过来了吗？她可以证明……伤害她的人不是我。"

年长的那人重重一拳捶在病床上，床垫子里的弹簧颤悠悠地敲打他的身体，他忍不住叫出声来。那人厉声呵斥："云长秋，你的情况我们都掌握，你在实施犯罪的过程中被抓现行，被害人体内有你的精液，人证物证俱在，不要妄想蒙混过关。你老实交代，争取宽大处理，顽抗到底，只有死路一条。"

他现在才确认那女人已经死亡，又惋惜又心痛："如果多给我几分钟，她是可以救活的，她……不是我害的。"

被害人是楚原市地税局的职员，二十四岁，当晚约好去未婚夫家吃饭。从家里出发一个多小时后人还没到，她未婚夫就出去找她。经过案发的那条小路时，在月光下看见一个男人伏在一个女人身上，而那女人的装束正是他未婚妻最喜欢的一身衣服。这位未婚夫是个退伍军人，脾气火爆，不问青红皂白就对云长秋拳脚相加，打得他昏迷过去，也浪费了抢救他未婚妻的最佳时机。

尸检结果显示被害人系扼颈窒息死亡。死前遭到强奸，体内有残留精液。经化验，嫌犯为AB型RH阴性血，与云长秋血型相同。

死者家属及其未婚夫咬定云长秋就是凶手，加上当场抓获、血型相符，“证据确凿”，云长秋被楚原警方锁定为犯罪嫌疑人，提请公诉。

一审判处死刑，剥夺政治权利终身。

楚原日报集团旗下的《楚原晚报》对本案进行了连篇累牍的跟踪报道。对云长秋剥丝抽茧，从个人经历、教育背景、法律意识等多个角度分析他怎样从一名外科医生堕落成强奸杀人犯。

那年，云锦书十五岁，上初三。

一审宣判的当晚，一位头发灰白的老人敲开锦书家的门。

他说他叫张柏山，是邻省桃源市刑警支队的退休刑警，也是云长秋的病人。几年前他的肝上长了一个肿瘤，直径三厘米，压迫门静脉和胆管，导致血红素急剧升高，脸色蜡黄，腹部绞痛，走了几家医院，都说手术风险太大，上了手术台多半下不来。后来慕名找到楚原市肿瘤医院的云长秋。他看过CT、超声和核磁共振片子后，多方征集业内专家意见，最后拿出一个手术方案，对张柏山说你既然来向我求助，我就不能把你推出去，手术肯定有风险，但这个方案已经把风险降到最小，肿瘤切除后再经过一个疗程的化疗，保证十年内癌细胞不会再来烦你。

手术非常成功。云长秋在整个治疗过程中表现的专业精神给他留下深刻印象。医品看人品，要说云长秋会强奸杀人，他无论如何也不信，何况，报纸上公布的案情有重大疑点，在解决这些疑点之前，任何结论都是站不住脚的。

他以一位退休刑警的名义给楚原市刑警支队发过传真，指出本案的疑点，并提出历年来在楚原周边的桃源市、丰义市，都曾发生过类似案件，均未破获，是否可以考虑和本案并案处理。但传真发出后如石沉大海，没有一丁点儿动静。

楚原市中级人民法院宣判云长秋死刑时，他老泪纵横，不忍心看着一个无辜的好人枉死。他连夜找到云长秋家，鼓励他家里人提出上诉。

他说被害人系遭扼颈致死，而且脖子上只留下五根手指印，这说明凶手单手实施犯罪，力大无比；被害人生前曾遭到强奸，事后又被提上裤子，穿戴整齐，这些特征都是本案区别于其他同类案件的标签。近年来，在桃源和丰义市，都曾发生相似的强奸杀人案，凶手的犯罪标签雷同。他怀疑这几起案子是一人所为。

云长秋身高一米七五，体形偏瘦，而本案被害人身高一米六八，体形偏胖，两人体重接近。云长秋从没接受过格斗训练，不可能仅用一只手就掐死被害人。此外，根据被害人体内残留精液化验出凶手血型为RH阴性AB型，与云长秋的血型相符，而且这种血型相当稀少，出现频率为两千分之一，尽管如此，仍不能排除巧合的可能性，不具备刑事证据的排他属性。

张柏山说，有必要聘请一位过硬的刑事律师，代表云长秋提出上诉，只要抓住这两个疑点，据理力争，云长秋至少能保住一条命。争取到时间以后，再图对策，寻找真凶，为他洗清罪名。

没想到云长秋的妻子梁玉敏对他的建议反应冷淡，敷衍似的说声谢谢，就没了下文，把他晾在一边。这让他感到意外，猜不透她另有打算，还是准备放弃上诉。他毕竟是局外人，得不到当事人家属的回应，就有些讪讪的。

梁玉敏在云长秋被关押后，情绪极度低落。她是活在别人眼睛里的人，在意外界丢过来的每一句话。云长秋曾经是她一生最大的骄傲，他不仅温文儒雅，专情体贴，而且是三甲医院的第一把手术刀，有病没病的，谁也不敢保证将来会不会求着被他割一刀，所以在任何场合，无论真情假意，听到的都是顺耳话、恭维话。

云长秋出事后，她的世界瞬间坍塌了。强奸杀人犯的帽子，又大又重又脏又羞耻，牢牢扣在他头上，也扣在她头上。她彻夜难眠，翻来覆去地思虑、叹气，一想到生活的巨变和不可预知的未来，她就一身又一身地冒冷汗。她不敢出门，请了长假，整天把自己反锁在家里，她害怕见到邻居、同事、熟人，她害怕所有同情的、询问的、质疑的、厌恶的目光，害怕和别人说话，她觉得每个人的每句话里都夹枪带棒，抽打着她的灵魂。

她好像一夜间老了五岁。

张柏山敲门时，她刚在离婚协议书上签好字。离了婚，她和云长秋就没有关系了，他是强奸杀人犯也好，银行抢劫犯也好，都是别人的耻辱和麻烦。他们走在两条不同的轨道上，再也没有交集。

至于云长秋是否被冤枉，她并不怎么关心。是他做的怎样？不是他做的又怎样？他洗不清了，就算案情有疑点，就算找到一个好律师揪住疑点不放，这样一起被媒体大肆报道、全市高度关注的案子，能有几分翻盘的机会？退一万步讲，即使他吉星高照，改判了，无期徒刑？二十年深牢大狱？他毕竟回不去从前了，他的一辈子已经毁了。对他的人生来说，对这个家庭来说，没有多大区别。

张柏山在梁玉敏这里得不到热烈回应，只好另想办法。无论是出于一名刑警的本能，还是对云长秋的感恩，他都不愿意看见这起案子被糊里糊涂地了结，不忍心无辜的人被送上断头台，不甘心真凶逍遥法外。

锦书还不知道梁玉敏已经签好了离婚协议书，她对母亲的冷漠反应极为不满。云长秋出事后，她也承受着巨大压力，顶着同学的白眼、嘲讽和指指点点上学放学。但是这并没有把她压垮，因为她有一个固执的信念：我爸不是强奸杀人犯。她没有理由，没有证据，甚至不怎么清楚案情经过，但是她坚定地相信着。她爱她的父亲。

张柏山的分析让她热血沸腾，在绝望中看到希望，仿佛一道闪电劈开乌云密布的天空，微弱却温馨的阳光在云彩的缝隙中放射出来，让她激动得想哭。

在梁玉敏面前碰了软钉子的张柏山，被锦书表现出的倔强、执着、勇敢和聪慧所打动。他甚至为云长秋感到那么一点庆幸，在人生绝境中，还有一个亲人对他充满信心，不离不弃。

二审结果虽然不尽如人意，但云长秋至少保住一条命，这给关心他的人争取到时间。虽然这是二审终审，但法律不适用盖棺定论，只要案子有新情况出现，就有推倒重来的机会。张柏山对锦书越来越欣赏，他能感觉到她纤细的身体里蕴藏着巨大能量——以柔克刚的能量，摧枯拉朽的能量，坚忍绵长的能量。他对她寄予厚望，相信她在未来可以给云长秋翻案，或许，她还可以帮他了却一桩心事，让系列奸杀案的真凶伏法，弥补他职业生涯中的最大遗憾。

他怀疑云长秋卷入的罪案的真凶是黑毛，大号杨军好，楚原市曲水镇人，因蓄意伤人在逃。此外，怀疑他涉嫌在桃源市和丰义市犯过几起同类案件，因缺乏证据，公安机关并未对他进行重点追捕。张柏山退休前，有特情人员向他提供黑毛可能涉案的线索，说他天性残忍，有虐杀倾向，作案时的最大特点是一手紧紧掐住受害人脖子，一边实施强奸，从不留活口，而这几起跨省奸杀案都具备这个特征。他身高体壮，力大无比，又练过武术，所以每次作案都干净利索，来去无踪，在现场找不到任何可供侦查的线索。

当时通信不够发达，异地公安机关之间并案侦查的体系尚不完善，三地刑警队各行其是，这几起奸杀案最终都被搁置起来。张柏山后来患癌、退休，负案在逃的黑毛就成了他的一块心病。

他对锦书说，他在退休前做了大量侦查工作，可以确定黑毛就是真凶，只要抓到他，云长秋的案子就有希望翻过来。黑毛是个孝子，在逃期间仍不时回家看望老母。但他回家的时间没有规律可循，有时一年一次，有时一年几次，而且大多在夜深人静时分，不能指望公安干警蹲坑抓捕。最有效的办法是从他母亲七婶身上打开缺口。七婶为人善良，富有正义感，如果她愿意配合，这案子就等于破了一大半。但俗话说“虎毒不食子”，要想让七婶大义灭亲，未必比徒手抓捕黑毛的难度小。另外一个棘手的地方是七婶是个聋哑人，和她沟通很困难，如果手语不够娴熟，仅凭胡乱比画，很难取得她的信任。

锦书对张柏山的话上了心，往后的二十来年里，她和黑毛像生死冤家一样杠上了，人世有离合，命运多变幻，她带着使命上路，从不怀疑，从未动摇。可惜因癌症复发已离世的张柏山没能亲眼看到黑毛伏法，也没有机会见证，那个当年让他欣赏和信任的女孩，以一己之力，在楚原市掀起一场地动山摇的司法风暴。

十 九

萧山盟在二十年后，才了解到锦书父亲涉案的细节，其曲折离奇、惊心动魄的程度远远超过他的想象，不知道当年十几岁的锦书，是怎样承受那份可以把人碾成齑粉的重压，又怎样义无反顾地从张柏山手中接过追捕黑毛的接力棒。

他迫不及待地想知道结果："你终于还是捉到了黑毛？"

锦书笑了，颜如春花，牙如白玉，掩不住的得意："从我第一次登七婶的门，到捉住黑毛，整整十七年。这么多年，如果用心去暖一块石头，说不定都能孵出蛋来。那年春节，我和七婶一起包完饺子，等锅里水烧开的时候，七婶忽然叹口气，对我'说'，她不知道黑毛欠了我家多少，她也不想知道。她这些年把我当亲女儿一样对待，和黑毛两个过过秤，分不出哪头轻哪头重。她知道黑毛罪大恶极，欠人家的不能总赖着不还，不然下辈子做人，还要继续还债。她想通了，把黑毛交给我。”

萧山盟还没从震惊中解脱出来：“难道七婶一直都知道黑毛在哪里？那她不是成了……”他不忍心责怪七婶，没把“包庇犯”三个字说出来。

锦书说：“哪有的事。七婶对我‘说’，她不知道黑毛躲在哪里，也不知道他什么时候会回家来。但黑毛是个大孝子，有一种情况他是非回来不可的，哪怕天上下刀子，哪怕家门口布着地雷阵，他都会想法子回来看看——那就是七婶出殡的时候。”

萧山盟明白了：“原来七婶想布一个局，让黑毛上套。”

锦书端起已喝空的咖啡杯做样子喝了一口，透着豪气，有点古人“当浮一大白”的意思，说：“就是这个办法。七婶要装死，让黑毛回来送她最后一程，到时候乔装的刑警就可以把他生擒活捉。”

萧山盟担心地说：“这办法倒是好，可黑毛就那么容易上钩？他一躲就是二十来年，公安都找不到他，可见是个厉害角色。难道他就想不到这是个圈套？”

锦书说：“七婶也考虑到这一层。她‘说’，这计划用不着多周密，黑毛是大孝子，老娘死了，他就算明知道有来无回也必须来送一程。退一步讲，他即使怀疑这是个圈套，那也是七婶的意思，他该明白，这是七婶让他投案自首，给受害人一个交代。你可能很难想象，一个恶贯满盈的罪犯，竟然这样孝顺，对母亲言听计从。人性的复杂和缺乏逻辑，我到现在也琢磨不透。”

萧山盟深有同感地点头：“所以黑毛就这样自投罗网？”

锦书说：“还是费了一番力气。七婶为演得逼真，‘去世前’把救护车叫到家里，医护人员事先得到公安通知，都配合她演戏，弄得动静很大，让左邻右舍以为她真的突发疾病过世了。家里布置了灵堂，还请了和尚做法事。这都是七婶的主意。我在第二天守夜的时候，亲眼见到黑毛在自家房顶上被抓获。他确实是个厉害角色，警方出动了二十几名便衣，四条警犬，把他团团包围，他才束手就擒。那时候是凌晨两点多，警灯把黑夜照得亮如白昼，黑毛被按倒在地上时，吼得像野兽一样凄厉。”她回忆起那天晚上的抓捕现场，仍无比激动，二十年的等待一旦成真，她当时心情激荡得几乎昏厥。

萧山盟又惊又喜，禁不住泪湿双眶。他低下头，用纸巾沾去眼角的泪水，自嘲地说：“人到中年以后，身体机能下降，只有泪腺越来越发达。”又说，“黑毛后来都如实交代了吗？”

萧山盟低头擦泪的瞬间，锦书瞥见他鬓角的几根白发在灯光照耀下格外醒目，忽然有些伤感，微微侧过头去，说：“他开始还硬扛着，直到七婶出现，他才情绪崩溃，大喊大叫，说七婶不该骗他。七婶只和他‘说’了一句话，‘欠债还钱，天经地义’，就走了。黑毛痛哭了一阵，就开始交代，桃源、丰义和楚原的几起案子都是他做的。预审员亮出七婶给你的那块血玉，他承认是他从一名受害人身上扯下来的。他还说，他在楚原做过那起案子后，没有马上离开，而是躲在公园的暗处观察，我爸对被害人施救，却被被害人的未婚夫往死里打，又被警方戴上手铐，整个过程他都看在眼里。黑毛说他从小就没有爸爸，妈妈又聋又哑，娘儿俩几乎天天被人欺负，他恨透了社会，做梦都想报复社会，别人越倒霉，他就越开心。他做了一辈子坏事，但七婶让他投案，是他的大限到了，他痛痛快快地全盘交代，只求一死。”

萧山盟越听越觉得凄惨，轻轻摇头，不知道该说些什么。胸口像压了一块大石头，说不出的郁闷。

二　十

黑毛认罪后，当时已转成法医的锦书取出精心保存的那名女性受害人的衣物，上面还残留着凶手的精斑，年深日久，淡淡的痕迹几乎已辨认不出。经DNA比对，确认黑毛就是真凶。铁证如山。天网恢恢。

一个阳光灿烂的午后，锦书把黑毛的死刑判决书在云长秋墓前焚化，长跪不起，痛哭失声。

黑毛在被押赴刑场的前一天晚上，提出要见见锦书。

黑毛已经是快五十岁的中年人了，多年的逃亡生涯，让他显得比同龄人更加苍老。黑黢黢的脸上布满刀刻一样的皱纹，头发灰白干枯，乱蓬蓬的堆作一团。但他的筋骨仍然强壮，低垂的眼神偶尔一闪，放射出野兽般桀骜的光芒。

他盯着锦书的脸看了好久，才说："这么些年，你替我照顾我妈，我一直想跟你说声谢谢。"他的口齿不清楚，瓮声瓮气的，像是从胸膛里发出的声音。

锦书并不情愿来见他。她对这个半人半兽的怪物既憎恨又厌恶。她不想和他说话，也不想看见他的脸，她怕他以后会出现在她的噩梦里。可他是七婶唯一的儿子，即将走到生命尽头，最后提出见见她的愿望，于情于理，她都没法拒绝。

她撇撇嘴角，没言语。

黑毛倒不计较她的态度，吐出一口浊气，自说自话："你从前没见过我，我可见过你好几次，我也知道你爸是谁，你来照顾我妈的目的是什么。我有的是机会顺手把你除掉，比碾死个蚂蚁还容易。"

锦书知道他没说大话，回想起在七婶家的那些日子，虽然娘儿俩其乐融融，其实她时时刻刻都有危险，禁不住后怕，出了一身冷汗。她终于开口："你为什么没杀我？"

黑毛咽口唾沫，喉咙里咕噜一声，呼呼呵呵地怪笑："你是我妈的干闺女，我的干妹子，我下不去手。明天我就要上刑场吃枪子，二十多年前就想到早晚会有这一天，我不怕，就担心一件事，往后老娘孤零零一个人，百年后没人给她养老送终。"

锦书冷笑说："七婶压根儿就没指望你养老送终。你活着的时候坏事做绝，从没在她身边尽孝，却专门给她添麻烦，让她在人前抬不起头来，现在快死了，说这些话有什么意思？"

黑毛被锦书甩几句狠话，居然有点儿不好意思，不接话，呼呼呵呵地怪笑。

锦书说：“我起初接触七婶，目的就是把你从地底下翻出来，送进大牢里去。后来我娘俩儿越处感情越深，和亲母女也没什么分别。你放心，我的任务虽然完成了，但是以后我还会一如既往地照顾七婶，像对亲妈一样待她。”她想七婶是黑毛在这个世界上的唯一挂念，虽然他作恶多端，但是明天就要死了，不能让他走得不安心，就跟他说了几句心里话。

黑毛很感动的样子，貌似眼圈红了。忽然双膝跪倒，沉重的脚镣子在地面上拖得哗啦啦地响，他不说话，砰砰砰地给锦书磕响头。

锦书跳起来，闪到一边：“七婶是我妈，照顾她是天经地义，轮不到你谢我。”

黑毛的嗓子里像含着一个核桃，声音含糊不清：“有你这句话，我今晚上就能睡个囫囵觉。”

锦书说：“你叫我来，不就是为了听这句话吗？现在你听到了，我该走了。”她实在不愿意和他多说一句话，看也不看他，起身就走。

黑毛从地上爬起来，双手扶住铁栅栏，冲着锦书的背影很真诚地说：“要不是因为你，他们一辈子也抓不到我。我从来没佩服过什么人，就佩服你。”

锦书一怔，站立两秒钟，终于没有回头，走了。

二十一

萧山盟错失她二十年，错失了自己一半人生，但如果她肯回来，和他重新开始，那么，二十年的离别和思念，也值了。

他问："你回国后，有下一步计划吗？"

锦书似乎没有想过这个问题，过一会儿才说："没有，曲水公安局希望我回去，说有个岗位一直给我留着。不过我还想到处走走，也许会回非洲吧。你知道我挺随性的，计划不如变化快，难说。"

萧山盟鼓足勇气说："有空的时候，去景海大学看看吧。我爸挺想你的，跟我念叨过好几次，说'不知道锦书怎么样了，生活得好不好'。你还没见过我儿子萧谅，有这么高了，"他伸手比画了一个高度，差不多和他坐着一般高，"模样……模样像百合多些，性格更像我。”

锦书会心地笑：“小家伙一定很可爱，我倒真想看看。名字叫萧谅？原谅的谅？”

萧山盟微笑着点点头：“是，我取的。”

锦书说：“不说也猜得到是你取的，名如其人，对不起你的人，对不起你的事，全都无原则地原谅。孩子性格像你，不用担心他的胸襟不够宽阔，倒担心他的锋芒不足，其实叫萧峰也是挺好的名字。”

萧山盟说：“萧峰？那是一代大侠吧？”

锦书笑起来：“你家几代都是读书人，出个大侠也不错。”

萧山盟见她开心，也陪着笑。

锦书说：“二十年没见到萧伯伯了，这次路过景海一定去看看他。你越来越像他了，从模样到气质都像。看见你，好像就看见了当年的他。”

萧山盟说：“别人也这样说。”又说，“你喜欢吉隆坡吗？你既然想到处走走，可以考虑来吉隆坡生活两年，既体验异国风俗，又不脱离传统华人文化，是个理想的选择。”他委婉地表达重修旧好的意思，相信她一定能明白。

锦书不回答他的问题，却没头没脑地说：“我自由散漫惯了，很享受一个人随便浪费生命的感觉。”

萧山盟懂她的意思，想说的话都被她堵住，卡在喉咙里。

锦书在努力压抑感情，表面上虽然云淡风轻，内心却波涛汹涌。

在吉隆坡机场与他偶遇，是意外之喜，也是意外之痛。二十年过去，她对他早死心了吧？她曾经这样以为。当然，有时难免还会不经意地想起他，带着微笑或眼泪追忆当年，那些和他共同经历的日子，已经成为生命中绝版的美好，不可复制，不会重来。

他有了如花似玉的妻子，聪明可爱的孩子。他是别人的丈夫，别人的爸爸。他和她无关。他是她生命中的过客，一个青春的符号。仅此而已。她一遍遍地这样告诉自己。

她不敢放纵思念，更不敢放纵幻想，所以每次思绪濒临脱缰时，就立刻被硬生生地拉回来。尽管如此，痛楚还会滋生，好像有形有质的液体，外面的包装被一根针扎破，慢慢滴出来，慢慢汇成细流，慢慢弥漫开来，直到铺满整个心房，扩散到四肢百骸，痛得她想把自己撕碎。她想哭，如果痛快地哭出来会好受些，可是泪腺好像堵死了，又酸又胀，却淌不出眼泪。

今天的相遇像做梦一样。事实上她做过类似的梦，而且不止一次，连重逢的时机、地点和对话都非常相似，所以她怀疑这也是一个梦，在桌子下面偷偷掐过自己，很疼，不是梦，居然不是梦。

是命运的成全？还是又一次恶意捉弄？

他和她在最恰当的时候重逢。他们都已经从上一段婚姻中解脱出来，曾经横亘在两人中间的障碍不复存在，青葱的心事已了，一身轻松。虽然都已跨过四十岁的门槛，但她看上去仍然美丽，年少的迷茫消失不见，岁月沉淀在眼神和体态里，自在而从容。他的鬓边虽然已现白发，却不显老态，反而愈散发出中年人的成熟魅力。

更重要的是，他依然想她，惦记她，关心她，他的神情和语气都在传递这个信息。而她，在漫长的离别岁月里，又何尝有一天真正忘记过他？

如果能再次牵手，也不失为一份奇缘，一段可以在同学圈子中流传的佳话。

可是，她内心深处却有些说不清道不明的惶恐和迷惑。

二十年过去，物是人非，他们的境遇和心态都已经发生变化。年轻时为爱情奋不顾身的劲头还在吗？

眼前的男人既熟悉又陌生。他的前半生，她不曾相知相守；他的后半生，她没有足够的信心奉陪。

我嗒嗒的马蹄声
是美丽的错误
我不是归人
是过客

这是诗人的作品，不是刻在课桌上的小诗。校园里的习作，往往不那么成熟，往往一厢情愿。

他忽然说："曲水河上的酒杯，随缘漂流，喝得到也好，喝不到也好，从来没有定数，全在于缘分，也有人每次伸手都取到同一杯酒。你说过的这句话，还记得吗？"

她说："是吗？不记得了。"

欧阳琴在机场的广播里叫他们到服务台办理机票改签。

他们就坐在离服务台十几米远的地方，转个弯就到了。郝大来已经等在那里。

欧阳琴的脸上带有歉意："SQ478航班将在三小时后起飞，目前机上有两个座位，所以只能给排在前面的两个人改签，就是萧山盟和云锦书，第三名乘客郝大来只好乘坐明天凌晨起飞的MH370航班。"

萧山盟给郝大来逐句翻译。郝一脸沮丧，几乎要哭出来，"说"他父亲病危，不知道能撑到什么时候，现在离明天凌晨还有九个小时，万一见不到他父亲最后一面，就将留下终生遗憾，恳求欧阳琴帮他想想办法。

萧山盟把他的请求转述给欧阳琴，可是她也没有办法可想，飞机上就那么多座位，总不能随便在哪里给他添把椅子。她说："现在是学生返校季，一票难求。SQ478已经满员，不仅经济舱，连商务舱和头等舱的座位都卖光了。不然，像郝大来面临的这种特殊情况，无论如何都会给予考虑和照顾。现在他唯一的解决方案就是等待MH370航班，好在已经确认有三个座位，如果他想改签，马上就可以办理。”

萧山盟心里为难，却只好硬着头皮给郝大来翻译。才“说”一句话，郝大来就开始抹眼泪，他刚才忐忑而焦虑地在服务台前等待，连上厕所都小跑着去，唯恐错过改签机会。现在希望破灭，他挂念病危的父亲，急得眼圈通红，脑门上渗出一层亮晶晶的汗珠。

锦书不忍心看他急火攻心的样子，对欧阳琴说：“把我的座位给他，我改签下一趟飞机。”又向郝大来打手语，说她愿意把自己的座位让给他。

没等郝大来回应，萧山盟抢着说：“不，还是你们两个先登机，我改签下一趟航班。现在才上午十一点，到明天凌晨还有十几个小时，你一个人等太长时间会闷。”最后一句话是跟锦书说的。

锦书笑笑说：“你等时间长了就不闷吗？”

萧山盟说：“我来吉隆坡有些日子了，对这里不陌生，把你送上飞机后，我就出机场去，找一家宾馆歇着。”

郝大来不知道他俩在说什么，愣眉愣眼地瞅着。

锦书还是不放心：“那你学校的会议怎么办？赶得上吗？”

萧山盟宽她的心：“吉隆坡飞北京只要六个小时，明天早上六点多就到，学院会派车接机，时间很宽裕。”

锦书还想争取一下：“其实我闲人一个，最有资格留在机场浪费时间。”

萧山盟说：“你的时间留到北京去浪费吧。就这么定了。”他不理会锦书怎么回答，向郝大来说明情况，让他和锦书改签下一趟航班。

郝大来又惊又喜，感谢他俩热心帮忙，却又感到过意不去，“说”：“你们是男女朋友，应该一起回去，我不能把你们拆开。”

萧山盟笑出来，“说”：“我和她认识二十多年了，不差这几个小时，再说，你也没能力拆开我们。”

他对欧阳琴说：“请你给他俩改签下一趟航班，给我签MH370。”

SQ478航班在两个多小时后起飞，锦书要先过安检。萧山盟说时间还宽裕，先在外面吃点儿东西再说，否则登机后就没得选择，只能吃难以下咽的飞机餐。

吉隆坡国际机场里有几家被当地饮食文化同化的中餐厅，供应咖喱鸡、柠檬虾之类。两人转了一圈，在一家还算地道的北方菜馆前停下来。锦书见他很自然地抽出几张紫罗兰色纸钞，就拦住他，笑着说：“我请。”

萧山盟不以为然地说：“这样的小吃花不了几个钱，再说我因公出差，有餐饮补助。”

锦书说：“就因为你有餐饮补助，我才不要用你的钱，你堂堂的大学教授，别因为几十块钱被别人在背后议论。”

萧山盟笑了笑，心里感谢她为自己想得周到。锦书豪气地说：“说吧，想吃什么？”

萧山盟说：“炒蚬子，口水鸡，蒜蓉茼蒿。”那是他和锦书在景海大学的蓝房子餐厅常点的菜。

锦书知道他在信口开河，说：“你倒记得清楚，可惜想也白想，这里没有那几道菜。”她随便叫了两样合他胃口的菜，又说，“喝点儿酒吧？”

一句话勾起他许多回忆，微笑着说：“你快登机了，咱们每人喝一小杯。”

锦书揶揄他：“喝多了怕你不成，我不信这些年你的酒量有进步。”

两人匆忙填饱肚子，萧山盟目送她排队过安检。她跨过那道门后，隔着千百张脸往后面望，见他还痴痴地站在那里，舍不得移开视线。

他的右手食指指向自己心口，然后轻轻用手掌心摩擦左手拇指，又抬起食指，遥遥地指向她。他说：“我爱你。”

她心底最柔软的地方被触及，忽然有想哭的冲动。透过他的成熟和沉稳、头衔和荣誉，以及鬓角的白发，她分明看见，他还是当年的那个十九岁少年，热烈地爱着她。

飞机冲上云霄。

二十二

锦书在几天里连续赶路，到北京后已经疲惫不堪，在机场附近找了一家宾馆，随便洗漱后，就一头栽倒在床上，睡得昏天黑地。

一觉醒来，看看时钟，凌晨四点四十分。和他重逢的场景又在脑海里浮现。他的样子和声音，清晰得好像还在眼前。她想起临别时他打的手语，真傻，她暖暖地笑出来。

现在他已经快到北京了吧？她拿起手机，想看看MH370的飞行路线。

才滑亮屏幕，跳出来的页面上铺天盖地的都是MH370的消息：

马航370起飞两小时后失联

MH370万米高空突然消失

马航370遭遇恐怖分子劫持?

MH370载有239名乘客，其中有154名中国人

马航370的燃油充足，可比原定飞行时间多飞两个小时

………

锦书的脑袋一下子蒙了，好像被人迎头重重一击，脑细胞被震得停止活动，思维僵住了。身上一阵阵冒冷汗，手啊脚啊都不像是自己的，软塌塌地瘫在床上，用尽力气也只能勉强动动手指。

没用的东西，起来！她骂自己。

挣扎了半分钟，她终于坐起来，手脚还在不由自主地颤抖，心脏怦怦跳，像要从胸膛里跳出来。

汗水湿透了前胸后背，衣服紧贴在身上，冰冰凉凉，不停地打寒战。难道虚脱了？她想。跺跺两只脚，确认都踩在地面上，一只手撑住床头，颤悠悠地站起来，反复告诉自己：站稳了，别趴下。

强挺了一分钟，感觉稍好些，手脚渐渐听使唤了。她连续做

几次深呼吸，剧烈的心跳也慢慢平复下来。

她一板一眼地穿好衣服，缓缓挪到卫生间，照照镜子，脸上还有汗渍，就用毛巾沾一点儿热水，擦擦脸，然后抹一层护肤水，又漱了口，涂点儿口红，把头发挽起来，整个人感觉清爽多了。

她长长呼一口气，拎起随身的提包，神经质般地念叨着：“身份证，钱包，手机，都在，好，好，等会儿可能会用上。”临出门前，又拧开一瓶矿泉水，灌了几大口，鼓励自己，“撑住，千万要撑住。”

可是不争气的泪水却止不住地淌下来。

她到达机场时，已经快早上六点钟。按照时间表，MH370应该在半个小时后抵达，可是现在机场大厅里“国际到港”的显示屏上，它的到达信息是红色——航班延误。

大厅一角，聚集着近百名情绪激动的乘客家属，有的在掩面哭泣，有的脸色苍白、目光呆滞，有的在愤怒地大喊大叫。

几名身穿蓝色制服的机场员工正在徒劳地抚慰躁动的乘客家属。一些肤色不同的新闻记者手持照相机和摄像机，极度冷血地在人群中捕捉最有震撼力的悲伤脸孔。

锦书被这场面吓到了，感觉情况可能比她预想的还要糟，一只看不见的手，正在慢慢抽离她尚存的一丝侥幸。她感觉双腿发软，又要瘫倒在地上，却硬撑着，勉强蹭到那几名机场员工前面，听他们有什么内部消息。

听了几句，原来他们知道的情况比她还少，或者在横眉冷对的乘客家属的震慑下不敢开口，战战兢兢，语无伦次，看样子再被逼问两句，马上就要哭出来。

锦书觉得围剿这几个可怜虫没意思，可心里焦躁不堪，胸口像被什么东西堵着，恨不得大喊大叫或者疯狂地打砸一顿才能发泄出来。

身旁忽然有人颤颤地问："是锦书吗？"语气里透着激动和不自信。

像惊雷一样炸响，那声音，虽然苍老了些，却仍然熟悉而亲切。二十年虽然漫长，却只忘记了想要忘记的，只过滤掉应该过滤的，那些生命中重要的人和事，流在血液里，刻在骨头上，从来不会随时间的流逝而淡忘。她缓慢地侧过身，就看见那张沧桑的脸。他们在二十年后重逢，却是在这样悲凉的心境下。

她紧紧拉着他的手："萧伯伯。"拼命想做个微笑的表情，可是嘴角咧上去，眼泪却扑簌簌地淌下来。

萧逸忙安慰她："不哭，不哭啊。刚才你从我面前走过去，我就在心里说，这人长得像锦书，可是这么多年没见，毕竟不太敢认。在旁边看一会儿，连神态都没怎么变，你以前受了委屈后，脸上就是这副表情。我就壮起胆子招呼你一声。"

锦书遇见萧逸，像在茫茫黑夜中终于看见一丝光亮，虽然心里仍苦涩不安，却多了一分依赖和指望。她抽回手，用纸巾擦拭眼泪，心中百感交集。这一天一夜的遭遇，大起大落，大喜大悲，她的情绪都在身体里郁积，需要很长时间去疏导和消化。

萧逸比她印象里更清瘦些，头发白了大半，额头上增添了几道深刻的皱纹，目光似乎更加莹润，透着洞明世事的智慧和豁达。

萧逸从锦书的表情中看出些异样，却怎么也猜不到她是为萧山盟来到机场，于是小心地问："你怎么会在这里？是接什么人吗？"锦书手里没提行李，看上去不像要登机的样子。

锦书见他两鬓如霜，唯一的儿子生死未卜，却竭力掩饰焦虑，强打精神寒暄，心里更加难受，搀着他的胳膊说："萧伯伯，咱们到那边坐下来说。"

机场大厅里人头攒动，座椅却空着一大半，两人找一张长椅坐下，锦书详细诉说了她和萧山盟在吉隆坡国际机场偶遇的经过，又说他是为帮助别人才登上马航370航班，她多么希望现在在飞机上的人是她，而萧山盟安然无恙。

萧逸才知道原来她和他一样，也在为萧山盟的下落忧心如焚。事情发生得太快太突然，他神情黯淡，眼睑垂下来，眼睛四周细细密密的皱纹，诉说着一个老人的无奈和忧伤。他沉默良久，才说："我做了一辈子建筑，相信每栋屋宇都有自己的八字，它是否能得到大众认可，是否能在风雨中挺立百年，都有定数。人也是一样，姻缘啊，劫难啊，生死啊，都不是自己能把握的。它要来，你不求它也会来；它要走，你拼命挽留它也会走。"

锦书听出这话里的无尽的悲凉，想自己一生境遇大多如此，禁不住潸然泪下。

机场大厅里的时钟在缓慢地跳字，每一分每一秒，都像生锈的钝刀子，在他们心头狠狠地割着。

七点钟，MH370航班杳无音讯。

八点钟，MH370航班杳无音讯。

人群开始骚动。谣言不知从哪个角落传出来，迅速扩散开：飞机被某国的导弹击落，乘客全烧成焦炭，无一幸免；飞机及乘客被外星人劫持，二十年后才放回来；飞机目前完好无损，正藏在一个荒岛上，是某恐怖组织和国际社会谈判的筹码。

人在绝境中，神经特别脆弱，智力水平也急剧下降，不管多么荒诞不经的谣言，都有人相信、传播，然后为之欣喜若狂或悲痛欲绝。

八点四十分，根据马航提供的数据计算，此时机上燃油已经耗尽，乘客生还的可能性更加渺茫。心中最后一丝希望如同风中摇曳的烛火，在爆裂后消亡。机场大厅里的乘客家属发出绝望的哀鸣，哭天抢地的悲恸，让其他旅客也陪着落泪。

当天上午十点钟，机场方面安排乘客家属到酒店休息，继续等候消息。

锦书劝萧逸找一间客房歇歇，他说年纪大了，觉少，宁肯在餐厅里伏案而坐，泡一壶茶解乏。锦书昨晚睡饱了，现在又挂念萧山盟的安危，没有一丝倦意，就陪他坐着。

锦书惦记着萧谅，问他怎样了，萧逸说他出门时孩子正睡得香甜，他委托邻居帮着照看，两家人平时相处得融洽，萧谅和邻居一家人都很亲近，所以不用惦念。他也嘱咐过邻居，暂时不向萧谅透露他爸爸的事情。

锦书说："万一……万一萧山盟这次回不来，以后就由我来照顾萧谅的生活。我没有孩子，会把他当成亲生儿子来照看。"她的语气自然而坚定，仿佛这是她不可推卸的责任。她说出这句话，并不是一时冲动，而是在心中盘算很久，早就考虑成熟。她一直以为萧谅的命运非常可怜，亲生妈妈对他疏忽冷淡，后来又锒铛入狱，在孩子的心灵上蒙上阴影。如果萧山盟再出什么事，孩子往后无父无母，虽然跟爷爷一起生活，却难免渴求母亲的关爱。她说出这话，是一个重大决定，是准备好奉献自己后半生的承诺。

也许，她已经把从来没见过面的萧谅当作一个情感纽带，一个心灵寄托。也许她和萧山盟这辈子注定没有缘分在一起，那么，她替他把儿子养大，延续他的血脉，或者可以弥补他们情路多舛的遗憾。

萧逸既感动又宽慰："萧谅很懂事，比同龄的孩子成熟，几乎没有受到父母离婚的影响，也从来不抱怨。可是他小小年纪，却承担得太多，让人心疼。你能说出这句话，我替他和他的父母谢谢你。其实……其实我全家都对不起你，深深伤害过你，你不计前嫌，还要帮忙照顾孩子，是你的大度和宽厚。萧山盟……没有福气，怪不得别人。”他明知道现在不是提起这个话题的好时机，可偏忍不住不说。他再怎么不肯面对现实，也明白萧山盟这次凶多吉少。眼看着锦书在分离二十年后，比年轻时更加光彩照人，仍对他初心不改，真情可圈可点，可惜他俩总是阴差阳错，除了叹息萧山盟没有福气，他也真的无话可说。

萧逸掏心掏肺地和她说话，锦书也很感动：“当年……李阿姨硬要拆散我们的时候，我对她是有些怨气。但是后来年纪大了，经历多了，就渐渐明白，感情的事，只有合不合适，没有谁对谁错。我们两家门户不登对，就算我俩勉强凑到一起，也很难幸福。至少，我父亲这个事情，就是李阿姨心里解不开的一个结。”她稍稍犹豫，还是把父亲平反的经过原原本本说出来。在萧逸面前，她感觉身心更放松，说话做事都没有多少顾忌，因为他从不挑剔她说话的时机是否合适，不胡乱猜想她的话是否另有含义。这份对人的体恤和信任，让她时常想起她的父亲，那是一种成熟男人的力量，包容而温暖。

萧逸听过以后，更加唏嘘，说：“你李阿姨在这件事上钻牛角尖，走了极端。她后来也表示过后悔，可惜人生没有后悔药，更没有回头路。”

他和锦书现在都走在悬崖边上，分担同样巨大的恐惧、痛苦、损失和绝望，而相似的心境让他们更容易向彼此敞开心扉。他们开诚布公地交谈，逐一解开尘封多年的心结。锦书的豁达、善良，对萧山盟一如既往的真情和她并不如意的现状，都让萧逸感到更加歉疚，终于促使他说出一件更久远的、深埋心底的往事，或者可以解释李曼当年对待锦书的态度，为什么那样决绝，那样不容分说，那样歇斯底里。

二十三

四十六年前，萧逸和李曼在内蒙古哲里木盟某地红旗公社插队。在偏远寂寞的山村里，一群十几岁的城市少年，怀揣着建设共产主义事业的崇高理想、对伟大领袖的绝对信任，带着青春的热血和激情，和蓝天、白云、田野、牧民、羊群、黑土地打成一片，他们早出晚归，辛勤劳作。

萧逸和李曼不在同一个生产队，但是两人住处只隔几十户人家，时不时地能见到面。那时候李曼十七八岁年纪，青春正好，容貌俏丽，腰肢窈窕，一根油黑的大辫子垂到腰上，顾盼之际眼波流动，不知迷倒了多少情窦初开的少年。

萧逸是她的追求者之一，李曼对他也最有好感，但是她并不喜欢农村生活，内心一直渴望有一天回城里去，不想在乡下明确恋爱关系。

他们的命运同时出现转机。那年萧逸通过人民公社报名参加高考，以优异成绩被景海大学建筑系录取。李曼因家庭成分原因，未获得参加高考机会，但是有很大希望争取到回城指标。事实上，在过去两年里，回城指标曾几次向她招手，却都因她不肯向生产队长妥协和逢迎而错过。后来她所在生产队的回城指标有两个，除去被高校录取和已在当地结婚的几个人，满打满算就剩下她和另外一名知青，无须争抢，轮也轮到她头上了。

在她兴奋而焦急地翘首苦等的时候，有小道消息传来，另一名知青已经拿到回城指标，而关于她的回城问题，却还在讨论中，仍是一个未知数。她急得坐卧不安，连着两宿睡不着觉，终于狠下心去找生产队长。

关于生产队长的传闻满天飞，不堪入耳，说他荒淫好色，长年以回城指标为诱饵强奸女知青，有时在草垛后面、猪圈里就把“事”办了，像牲口一样肮脏野蛮。所以她平时看见生产队长就远远地绕着走，避免和他说话。这次主动去找他，实在是逼急了。

在生产队长家门外，她犹豫着，手两次碰到门把手，却又缩回来。这是一扇看不出本来面目的黑黢黢的木头门，散发出一股刺鼻的霉味，门板上有许多裂痕和破洞，露出糟烂的木头，似乎来一阵疾风骤雨，就能把它撕碎。

“想进来就进来，我还能吃了你？”门里传来闷闷的说话声，原来他早就看见她了。

她吓得一哆嗦，怯生生地说：“队长，我不进去了，我来就是想问问，那个回城指标，今年应该轮到我了吧？”

“呵呵，”生产队长的声音里有明显的不满和嘲讽，“轮到你？能说出这样话，就说明你平时不认真学习，政治水平太差。你以为这是吃大锅饭吗？有我的一碗，就有你的一碗？你平时不向组织靠拢，对组织有抵触情绪，有严重的小资产阶级倾向。我的意见是，你有必要留在广阔天地里继续改造。”生产队长时常给知青们做思想工作，对当时的流行词语倒不陌生，随手就把一顶大帽子扣在李曼头上。

她又急又气又怕，竟然忘记了潜在的危险，推开门走进去，面对那张平时避之唯恐不及的脸孔，低声下气地乞求。

一朵乌云飘过来，遮住了太阳。本来很热的天气，忽然阴森寒冷，不似人间。

李曼失魂落魄地走出那栋霉臭刺鼻的房子，衣衫不整，头发凌乱。她感觉自己肮脏不堪，臭不可闻，怎么也洗不干净了。她是一个不洁的、罪恶的、堕落的女人，百死莫赎，千夫所指，活着还有什么意义？

她漫无目的地走过乡间小道，走过潺潺的小河，走过开满山花的田野，走到那座不知名的野山的峭壁边。

峭壁虽然并不险峻，但是底下铺满棱角尖利的石块，只要纵身一跃，就会粉身碎骨，连最熟悉的人都未必能认出她来。一了百了，就让所有的屈辱、肮脏、堕落、罪孽，都随着她纵身一跃，灰飞烟灭。

想不到萧逸忽然挡在她面前，像从天上掉下来的一样，挡在她和悬崖之间。他的脚跟好像已经踏在崖壁之外，一阵狂风吹过，就能把他卷下去。

当天上午，萧逸接到景海大学的录取通知书后，欣喜若狂，飞奔向李曼借住的老乡家，向她报告喜讯，却听她的室友说她为回城指标的事只身去找生产队长。他就预感不妙，因为生产队长臭名远扬，知青们都恨得他牙根痒痒。李曼在情绪冲动下去找他理论，如飞蛾扑火，后果不堪设想。

去生产队长家扑了空，那个畜生正坐在炕头上心满意足地吞云吐雾。他一把抢过他手里烧得滚烫的旱烟袋，狠狠敲在他头上，说李曼万一有三长两短，他就敲烂他的脑壳。他疯狂地寻找她，万幸在惨剧发生前及时阻止了她。

她寻死的心没有他的爱情坚决。

那个牲口一样的生产队长两年后被处以极刑。

又过几年，两人有了一个儿子。他念念不忘他们曾一起插队的哲里木盟，以及在悬崖峭壁边许下的海誓山盟，遂给爱子取名萧山盟。

二十四

那段激情燃烧的岁月、那片苍凉广袤的土地和那种野性原始的爱情，都是锦书不曾体会也难以理解的。她听到这一段尘封往事，心里空荡荡的，惆怅而凄凉，莫名地想哭。似乎明白了什么，又似乎什么都不明白。

李曼的性格善良而平和，但对待她父亲犯下的所谓“强奸杀人罪”时却一反常态，咬牙切齿地痛恨，决绝地反对，以致迁怒于她，甚至不惜以生命为代价，硬生生拆散她和萧山盟，忍见鸳鸯分飞，仅仅是因为她自己的切肤之痛吗?

李曼的不幸遭遇有那个时代的烙印，但不幸中的万幸是她的生命中出现了萧逸这样一个男人。他谦逊儒雅的书生气后面，有着宽广包容的胸怀，让她有机会舐平伤口，走出痛苦回忆，和他在人生路上相濡以沫。

而锦书父亲的悲剧，又何尝没有时代烙印？科技、伦理、法律的局限性，毁了一个正直、出色的医生，甚至，祸延妻女。

每个人都必须对世界负责，而世界却不必为你负责。

萧逸仍试图替李曼道歉：“她的性格有缺陷，虽然平时看上去很好，像春水一样平静，但是一旦遇到人生大事，就走极端，就会掀起巨浪，甚至不惜摧毁自己。这种潜在的危险性，在心理学上称作边缘型人格。其实她后来也曾深刻反省，一直把对你的歉意埋藏在心里，念念不忘。”

锦书哑口无言，倒流在心中的泪水又咸又涩。

一个又一个希望点燃，一个又一个希望破灭。

痛不欲生的乘客家属们困了，厌了，倦了，散了。不管残局怎样破烂，生活总要继续。

MH370始终没有消息。就像大海里的一滴水，大千世界的一粒沙，消失得无影无踪，让人不甘心，不情愿，匪夷所思，又毛骨悚然。

2015年1月29日，马来西亚民航局召开新闻发布会，宣布MH370已失事，并推定机上的239人已遇难。

锦书不信。

锦书兑现了她的承诺，承担起照顾萧谅的责任。她在景海找到一份工作，在景海大学校园里租了间房子，离萧谅家只有几十步之遥。她把全部业余时间都献给萧谅，陪他读书、运动、游玩、嬉戏。他们亲密无间，彼此依赖，像亲母子一样。

锦书带萧谅去看过几次百合。她在狱中改造得很好，连续两次获得减刑，还有五年就要出狱了。锦书告诉萧谅对面的人是他亲生母亲，让他喊妈妈。萧谅喊了，说想她，等她回来，百合泪落如雨。

她的头发白了许多，看上去比同龄的锦书老相。但她的目光比以前柔和，不见了年轻时的浮躁和妖娆。

锦书牵着萧谅的手走出监狱的角门时，忽然明白了他名字蕴含的意义。

这个世界充满恶意，但只要还有爱和原谅，就值得我们努力活着。她手里牵着的柔软小手，终有一天，会长成坚强有力的大手。这小小少年，终将长成顶天立地的男子汉。

就像他的父亲一样。

他，会回来吗？

后　记

写下最后一句话时，心里像被掏空一样。

故事没有结束，也不想结束，仍有千言万语堆积在心头。但还是不说的好，不说，让人还有念想，说了，就变成惹人生厌的絮絮叨叨。

这是一个起始于大学校园、跨越二十年的爱情故事。爱情是大学的选修课，当然是不给学分的，而且耗时耗力、花费不菲，但挡不住莘莘学子竞相奔赴。

校园里的爱情多种多样。有认真的，有懵懂的，也有找乐子的。荷尔蒙在年轻的身体里蠢蠢欲动，以为自己可以掌控爱情，甚至消费爱情，事实上，大多时候他们被爱情消费了。

我的同学和友人都已步入中年，这是继十八九岁后，又一轮伤感的年纪，各种怀旧聚会就凑趣似的多起来。于是耳闻目睹了这样的场景：有挥别多年的初恋情人忽然重逢，竟控制不住地泪奔。真让人无奈又尴尬。

你以为你忘了，其实你从来没忘。

我在写作时，脑海里时常浮现出多年前的人和事，清晰得像昨天一样，熟悉而亲切，让我会心微笑。在那个纯真年代，一首诗，一杯酒，一支歌，或一把吉他，就能成就一段爱情。他们青涩简单，奋不顾身，他们的故事，往往比小说更精彩。

这本书试图讲述这样一段爱情，短暂的初恋，却影响了他们一生；刻画这样两个人物形象，有真情有智慧有决心有勇气，却仍然无缘相守。宋词说："山盟虽在，锦书难托。"凄美的爱情悲剧，大多如此。

萧山盟和云锦书两个人物，是综合了许多身边人的性格特征糅合成的。常有朋友问我是否在写作时把自己代入了书中人物，或者把自己的经历写进了书中情节？只能说，萧山盟是一个理想形象，他年轻时比同龄人更加成熟沉稳；而对于锦书，在真实生活中，更适合远观和欣赏，我的个性懒散孤僻，并不向往轰轰烈烈、起起落落的生活，所以不太可能和她有交集。

以马航370事件为背景，因为它的消失神秘莫测，注定在多年以后，仍将被人们一再提起。而同飞机一起消失的萧山盟已成为一个象征，和许多人的初恋一样，消失得无影无踪。

他们没在马航370上，可是也奇怪地不见了，找不到人，也找不到心。

2016年10月17日

完稿于纽约法拉盛星巴克店